"诺曼底号"遇难记

[法]维克多·雨果　著

徐超然　译

万卷出版有限责任公司
VOLUMES PUBLISHING COMPANY

目 录/Contents

导 读

很多人都听过维克多·雨果的大名，能对其经典著作《巴黎圣母院》（1831）中的加西莫多、《悲惨世界》（1862）中的冉阿让等形象如数家珍。作为法国 19 世纪浪漫主义文学的代表人物之一，雨果将浪漫主义的激情与现实批判相结合，在世界文学中留下了惊才绝艳的不朽篇章。

虽以小说家身份闻名于世，但实际上雨果的创作横跨诗歌、小说、戏剧、散文等领域，他的文论《〈克伦威尔〉序言》（1827）被视为浪漫主义宣言，戏剧《欧那尼》（1830）则掀起了一场古典派与浪漫派的文艺大论争。不仅如此，他的绘画天赋更是鲜为人知，其传世 3000 余幅绘画作品，风格兼具水墨意韵与超现实色彩。对此,法国浪漫主义绘画巨匠德拉克洛瓦曾感叹其若专注绘画,"成就将超越同时代所有艺术家"。

《"诺曼底号"遇难记》一书,以作家雨果经典篇目《"诺曼底号"遇难记》开篇,精选了风格和体裁丰富且主题跨度鲜明的 10 篇作品,让读者从不同方面、多维视角走进雨果的文学世界,领略文学巨匠的过人风采。

雨果笔下的永恒之光:生命、旅程与人性叩问

走进 19 世纪的蒸汽巨轮"诺曼底号",灾难面前临危不乱、舍己为人的哈维船长,开宗明义地将对责任、灾难、生命的沉重思考带到读者面前。短短数千字,雨果以其精湛的笔力、澎湃的情感,将我们瞬间拉回那个惊心动魄的雨夜,目睹乘客的惊慌失措与船长的沉着冷静。倾斜的甲板上,哈维船长如定海神针般下达着一道道关乎生死的指令。"诺曼底号"60名乘客全员生还,唯有指挥到最后一刻的哈维船长,

如"一座墨色雕像缓缓坠入大海"。他用自己的生命，为我们诠释了何为真正的勇敢与责任。

生命的脆弱与无常，在雨果的另一篇作品《巴尔扎克之死》中得到了更为沉静的呈现。雨果以白描般的笔触，记录下文学巨匠巴尔扎克生命的最后时光。文中提及，巴尔扎克曾对雨果道："我买下了博让先生的宅邸，除却花园，还得到了那条通往街角小教堂的耳堂。楼梯上一扇门直通教堂，只要转动钥匙，我就能直接去听弥撒。比起花园，我更看重这扇小门和那座耳堂。"这扇承载着生活便利与精神寄托的小门，最终通过它的，却是巴尔扎克冷冰冰的遗体。不禁令人感叹生命脆弱与世事无常，提醒我们珍惜当下的每一刻光阴。

如果说前两篇作品引领我们直面生命的深度与重量，那么《从巴黎到拉费泰苏茹瓦尔》《莱茵瀑布》《莱茵河》《斯特拉斯堡》四篇游记，则展现了雨果作为旅人的另一面。他带领我们回到了 19 世纪的西欧，跟随他的步履，读者得以体验春树暮云的思念、仰观瀑布的震撼、抚今追昔的慨叹及夜乘邮车的难安。我们也许无法像先贤一样开启一段说走就走的旅行，但路边花繁叶茂，窗外鸟语蝉鸣，抬首观云霞烂漫，低眉品烟火人间……觉察并感悟这些点滴美好瞬间，或许能点亮你一天的心情。

当读者沉浸于"身体在路上"的浪漫旅程时，《小费》中的一天18次小费却赤裸裸地撕开了岁月静好的面纱，成为"天下熙熙，皆为利来；天下攘攘，皆为利往"的真实写照。自从金钱成为交换物品、衡量价值的工具，世间万物仿佛都被标注了隐形的价码。在生活中，我们有时会发现，亲情、爱情、友情，乃至道德、良知与素养——那些本应超脱于物质价值之外的无价之宝，也开始被一些人用"值不值钱""划不划算"的眼光去衡量。如果做什么事都先想着"能赚多少钱"或者"亏不亏"，人就会慢慢被钱牵着鼻子走，忘记了自己真正看重的是什么，也失去了内心的自由和做自己的勇气。

有钱能使鬼推磨。小费能让教堂管理员为雨果拉开教堂之中鲁本斯真迹的帷幕，利益也能驱使"两个强盗"闯进圆明园，抢走目光所视的一切。为此，雨果在《就英法联军远征中国致巴特勒上尉的信》中慷慨发声，并"希望，总有一天，一个自由而清洁的法国，会将这批战利品，归还给被掠夺的中国"。这份跨越国界的正义呼声，穿越160余年的时光，至今仍在叩击着世人的良知，而它所期盼的正义归还，依旧未曾到来。

正是基于对现实的深刻认识，雨果才更加执着地颂扬那些超越金钱价值的事物——文化、正义，还有善良的本真。这种对善良的坚守，在《一滴泪报一滴水》（选自《巴黎圣母院》）中得到了最动人的诠释。加西莫多与爱斯梅拉尔德之间那"水与泪"的经典互动，超越了美丑的表象，闪耀着纯粹的人性光辉。同样，《剃须匠村庄的由来》则讲述了一个奇幻寓言：腓特烈·红胡子皇帝因青年时善意帮助仙女，得以在魔鬼剃刀下保全了他的宝贝红胡子。故事以生动的方式再次印证了古老箴言：好心真的会有好报。雨果通过这些故事，不断向我们传递着人性中的永恒之光。

为什么读雨果？

在信息如潮水般奔涌的时代，静下心来捧读雨果的著作，或许不会让你的成绩单上多几个 A+，也不会助你功成名就，然而当你翻开书页，仿佛为内心注入一股清流。雨果笔下流淌的，是对人性最真诚、最深沉的叩问与讴歌。那舍己为人的英勇壮举，跨越时空依然闪耀着夺目光芒；那对苦难者的悲悯与宽恕，历经黑暗恒久散发着温暖光辉；那对不公与压迫的愤怒呐喊，穿透岁月至今仍能激起灵魂深处的回响。

雨果的语言，本身就是一场壮丽的奇观。他的文字时而如惊涛拍岸，气势磅礴，用浓墨重彩的笔触、恢宏的比喻和精巧的排比，描绘出命运的跌宕与人性的复杂；时而又如涓涓细流，细腻入微，精准捕捉人物内心最幽微的颤动和情感的涟漪。他能在宏大的历史背景下雕刻个体命运的悲欢，也能在微小的细节里折射出时代的洪流。

沉浸其中，你不仅能看到一个迥异于眼前的世界，更会被那些鲜活的人物、跌宕的情节和深刻的哲思点燃你的想象力。每一次阅读，都是一次心灵的洗礼。那些日常的浮躁与烦忧，在雨果那充满激情与智慧的文字海洋中，渐渐沉淀、澄清。合上书，内心仿佛经历了一场风暴后归于宁静，收获的是一种更为开阔的视野、更深沉的思考，以及一份经过伟大灵魂涤荡后的澄澈与安宁。这不仅仅是在读书，更是在跟随一位巨人的脚步，进行一场关乎勇气、爱与正义的灵魂冒险。

希望你享受这次走进雨果文学世界的旅途！祝你阅读愉快！

徐超然

2025 年 6 月 于天津

"诺曼底号"遇难记

1870年3月17日，夜海如墨。当哈维船长掌舵的汽船[1]循着既定航线自南安普敦向根西岛破雾而行时，浓稠的雾气正将英吉利海峡揉成混沌的灰白画布。驾驶台上，船长谨慎地操控着舵盘，夜晚的黑暗和浓雾让他每一步都格外小心。与此同时，船上的乘客们都深深沉浸在梦乡之中。

"诺曼底号"巍然矗立，宛如英吉利海峡上的一颗璀璨明珠，货舱[2]重达六百吨，身长

1　汽船：发动机驱动的船。

2　货舱：对于船舶来说，货舱不仅指装载货物的空间，有时也作为衡量运输能力的单位。1货舱容量通常相当于2.83立方米。

二百二十英尺，宽二十五英尺[1]。水手们亲昵地唤它为"年轻人"，它诞生于 1863 年，如今尚不足七岁，风华正茂。

雾气愈发浓重，船只已悄然驶出南安普敦河，踏入浩瀚无垠的大海，距离阿基尔海角约有十五海里之遥。邮船[2]缓缓前行，此刻正值凌晨四点。

周围一片漆黑，低沉的天幕如重压的盖子，将汽船吞噬得无影无踪，连桅杆的尖端也已隐没在茫茫迷雾之中。

在黑暗的海洋中盲目航行的船只，宛如幽灵般令人不寒而栗。

突然，一道黑色的轮廓在雾气中骤然浮现，它既似鬼魅，又如山峦。在这片幽暗的海面上，

1　英尺：1英尺=12英寸，约30.5厘米。"诺曼底号"长约67米，宽7.6米。

2　邮船：运输船。此处指固定时间表的邮船，"诺曼底号"上还有多名乘客。

一道阴影划破波涛，穿透夜色。那是"玛丽号"，一艘庞大的螺旋桨汽船，正从敖德萨驶向格里姆斯比，满载五百吨小麦。它庞大的身躯以惊人的速度冲破迷雾，径直朝"诺曼底号"驶来。

在这浓雾中，这些船只如同鬼魅般毫无征兆地出现在眼前，碰撞已无法避免。它们的相遇毫无预警，几乎在还未看清对方之前，悲剧便已注定。"玛丽号"以全速撞向"诺曼底号"，瞬间将其船体撕裂。

碰撞之后，"玛丽号"自身也遭受了严重的损伤，不得不停了下来。

"诺曼底号"上，共有二十八名船员、一名女服务员——乘务员，以及三十一名乘客，其中包括十二名女性乘客。

剧烈的震动瞬间席卷了整艘船，令所有人猝不及防。刹那间，甲板上一片混乱：男人们、女人们、孩子们，几乎衣衫不整，惊慌失措地奔跑着，尖叫声与哭泣声此起彼伏，交织成一片令人

窒息的喧嚣。海水如脱缰的野马，狂涌而入，凶猛地吞噬着船身。机舱中，炉火与汹涌的波涛交织，发出沉闷的咆哮。

船上没有水密舱壁，连救生圈都显得如此匮乏。

哈维船长挺直身躯，屹立在指挥台上，冷静而坚定地高声呼喊："所有人安静！注意听！放下救生艇。让女士们先上船，然后是乘客，最后是船员。我们需要救助六十人。"

尽管船上实际上是六十一人，但他有意将自己遗忘在了这生死攸关的数字之外。

救生艇被迅速放下，人们争先恐后地蜂拥而上，仓促与慌乱几乎让救生艇倾覆。奥克尔福德中尉与三名领班——古德温、贝内特和韦斯特，紧紧抓住这群因恐惧而陷入疯狂的乘客。死亡的梦魇来得如此突然，这种恐惧几乎令人窒息。

然而，在尖叫与嘈杂声之上，人们依稀能听见船长那沉稳而有力的声音。接着，在黑暗中传来这段简短的对话：

"机械师洛克斯！"

"船长？"

"炉膛怎么样？"

"淹了。"

"火呢？"

"熄了。"

"机器？"

"坏了。"

船长接着问道："我们还有多少分钟？"

"二十分钟。"

"足够了。"船长说，"让每个人按顺序登船。"

"奥克尔福德中尉，你带好你的手枪了吗？"

"带了，船长。"

"女士优先，任何想要插队的男人，一律开枪打死。"

众人无言。无人提出异议，大家感受到船长

那高尚的灵魂。

与此同时，"玛丽号"已将救生艇放入海中，正赶来援救这场由它一手制造的灾难。

救援工作进行得有条不紊，杳无纷争。某些自私自利的行为一如既往地存在，但也充斥着诸多悲壮的奉献。哈维船长面无表情地站在指挥台上，指挥、主宰、引领，一切尽在掌握之中，平静地疏导着这无可避免的灾难，仿佛连海难也从令如流，沉船亦俯首听命。

某一刻，他突然高喊："救下克莱芒！"

克莱芒是个孩子，一个小水手。

船只缓缓沉入深海。

救生艇在"诺曼底号"和"玛丽号"之间急速往返，尽可能加快转运速度。

"快！快！"船长高呼。

随着第二十分钟的来临，汽船几近沉没。

船头猛然下坠，船尾也随之没入海中。

哈维船长依旧站在指挥台上，他没有挣扎，

没有言语，笔直地沉入深渊。人们透过那幽暗的雾霭，看见一座墨色雕像缓缓坠入大海。

哈维船长，就此陨落。

英吉利海峡的水手中，无人能与之比肩。他一生都以身为男子汉的责任约束自己，而在死亡的时刻，他以英雄的尊严迎接了终局。

附录

为何在海上航行时以海里为计量单位？

和陆上交通不同，海上水手所行进的路线是弧线。水手在海图上标记自身位置时，使用的是以度和分为刻度的坐标系统。测量航程的仪器同样采用这种标度方式，以弧度、角度和时间为单位。因此，水手们选择了地球纬度上一分的长度作为测量单位，即海里。

"诺曼底号"沉没后的唯一遇难者是船长哈维。以下是维克多·雨果致英国某报社的一封信：

海维尔别墅，1870 年 4 月 5 日

致《星报》[1]编辑：

先生，请允许我加入为"诺曼底号"遇难水手家属募捐的名单。此次海难因哈维船长的英勇行为而成为一段值得铭记的历史。

借此机会，在此触目伤怀的灾难面前，有必要提醒殷实的航运公司们，如南西铁路公司，人命关天，航海人值得特别关怀。"诺曼底号"应具备以下三项安全措施：第一，设有水密舱壁，使进水得以控制在特定区域；第二，配备供遇难者使用的救生圈；第三，装备西拉斯照明装置，无论夜晚或风暴，都能照亮海面，使人在灾难中保持视野清晰。保障船体稳固、保护船员安全、确保海面照

1　英国报纸刊登了关于"诺曼底号"海难的该信件（《欧洲通讯》报道）。

明，若这三项安全措施得以落实，那么在"诺曼底号"沉没的悲剧中，或许能全员生还。

敬请接受我最诚挚的敬意。

维克多·雨果

剃须匠村庄的由来

腓特烈·红胡子皇帝多次发动战争，为此魔鬼对他怀恨在心。有一天，他突发奇想，想要剃掉红胡子的胡子。这确实是一场精彩绝伦、极具分量的恶作剧，从魔鬼与皇帝的身份来说，也算相当"对等"。

于是，魔鬼与当地一位"大利拉"式的女子[1]密谋了一场几乎令人无法置信的背叛计划：趁皇帝路过巴哈拉赫时迷昏他，然后由城里某位理发

---

[1] "大利拉"式的女子通常指的是像《圣经》中参孙的妻子大利拉那样，美丽诱人，却心机深沉、不可信任的女性。她们可能在情感上具有强烈的吸引力，但往往出于自身利益，会欺骗、背叛伴侣，给人带来灾难。——译者注

师把他的胡子刮掉。

在腓特烈皇帝还只是士瓦本公爵时，曾与美丽的盖拉恋爱。那时他帮助过威斯佩河的一位老仙女。于是，这位仙女决意破坏魔鬼的阴谋。

这位身形如蚱蜢般大小的仙女，找到她的一个不太聪明的巨人朋友借口袋。巨人不仅同意了，还大方地提出陪她一起去，仙女欣然接受。

她大概施了法，把自己变大了一些。当天夜里，她赶到了巴哈拉赫，正是红胡子准备动武的前一晚。趁所有理发师酣睡之际，她一个接一个地把他们全都塞进巨人的口袋里。然后，她对巨人说："你把这口袋扛在背上，带得越远越好，去哪儿都行。"

由于夜色昏暗，加之巨人本就愚钝，根本没看清小仙女干了什么，便依言出发，迈着大步穿过沉睡的国土。然而，那些被挤在一起的理发师在口袋中慢慢苏醒了过来，开始翻滚蠕动。巨人一惊，开始加快脚步。

他翻过利贝雷茨山，因山上的高塔而抬高了一条腿。这时，其中一个理发师从口袋里掏出随身携带的剃刀，在袋子上划开一个大口子。所有理发师纷纷从破洞里滚了出去，跌进灌木丛中，个个被摔得鼻青脸肿，还发出骇人的惨叫。巨人误以为背上背的是一窝魔鬼，吓得撒腿狂奔。

第二天，当红胡子皇帝经过巴哈拉赫时，城里已找不到任何理发师。而当魔鬼到来时，一只站在城门上的乌鸦讥笑他说：

"朋友，你脸上有个大大的东西，连最好的镜子也照不出来！"（在鼻子前做手势表示嘲笑。）

从那以后，巴哈拉赫再也没有一个理发师了。这是事实。直至今日，你都无法在那里找到一个开店营业的剃须匠。

至于那些被仙女"移除"的理发师，他们就在自己掉落的地方定居下来，建起了一个剃须匠的村庄。

就这样，腓特烈一世，也就是红胡子皇帝，既保住了他的胡子，又保住了他的绰号。

巴尔扎克之死

巴尔扎克之死

1850 年 8 月 18 日，我的妻子白天去看望了巴尔扎克夫人，回来后告诉我，巴尔扎克先生不行了。我立刻赶了过去。

巴尔扎克先生已经患心脏肥大症十八个月了。二月革命后，他曾前往俄国并在那里结了婚。临行前几天，我在林荫大道上遇见过他，那时他就已经抱怨身体不适，呼吸粗重。1850 年 5 月，成婚后的他衣锦还乡，却也带回了死亡的阴影。他一到家，双腿便已肿胀。四位医生对他进行了听诊。其中一位路易医生，在 7 月 6 日对我说："他活不过六个星期。"这正是与弗雷德里克·苏利耶[1]去世时所患的同一种疾病。

8月18日那天，我的叔叔陆军将军路易·雨果在我家吃晚饭。他刚一离席，我便雇了一辆马车，直奔博让区福琼大道14号。那里正是巴尔扎克的住所。他购买了博让先生宅邸的遗迹：几栋侥幸逃过了拆除的低矮楼房。他将这些破旧房舍布置得极为豪华，打造成了一个精致的小宅邸，正门对着福琼大道，小院狭长，几块花坛零星地点缀在石板地之间。

我按响了门铃。阴云蔽月，夜色朦胧，街道一片寂静。无人回应。我又按了一次。门终于开了，一个女仆捧着一根蜡烛出现在我面前。

她哭着问我："先生找谁？"

我报上了自己的名字。她让我进了一楼的客厅。客厅正对着壁炉的长椅上，摆放着由大卫雕

1　弗雷德里克·苏利耶（Frédéric Soulié，1800—1847），
　　法国通俗小说家和剧作家，浪漫主义运动的先驱者之
　　一。——译者注

刻的巨型巴尔扎克大理石半身像。一张奢华的椭圆形桌子立于客厅中央，一根蜡烛在桌上燃烧。桌子的六只桌脚雕刻成镀金的小雕像，风格极其高雅。

又有一个哭泣的女人走了进来，她对我说：

"他快不行了。夫人已经回自己的住所了。医生们昨天就放弃治疗了。他左腿上生了个伤口，已经坏疽了。医生们不知所措。他们原以为先生的水肿是所谓的'皮下水肿'，他们说皮肉已如猪油一般，无法进行穿刺抽液。然而，上个月某天，先生在上床时撞到了一件雕花家具，皮肤裂开，体内的积水竟自然流了出来。医生们见状，只是惊讶地说了一句'咦'！自那以后，他们才开始给他穿刺抽液，自称是'效法自然'。但后来先生的左腿上又生了个脓肿，是鲁医生给他动的手术。昨天揭开敷料一看，创口没有化脓，却又红又干，发着热。他们于是断言：'完了！'从此便不再露面。今天上午去请了四五位医生，

全都回答说：'已经无能为力。'今天早上九点，先生已经无法说话了。夫人请来了一位神父。神父给先生施了临终圣礼。先生用手势表示他明白。一小时后，他握了握他妹妹德叙尔维尔夫人的手。从中午起，他便呻吟不止，什么也看不见了。今晚是挺不过去了。如果先生愿意，我可以去叫德叙尔维尔先生，他还没睡下。"

女人离开了。我独自等待。微弱的烛光勉强照亮着富丽堂皇的家具，墙上悬挂着波尔布斯和贺尔拜因的珍贵画作。巴尔扎克的那座大理石半身像在昏暗中耸立着，宛如即将离世之人的幽灵。整座宅子里弥漫着一股尸臭的气息。

德叙尔维尔先生走进来，证实了女仆所说的一切。于是，我求见了巴尔扎克先生。

我们穿过一条走廊，登上了一座铺着红地毯，堆满了瓷瓶、雕像、画作、镶嵌宝石的柜架等艺术品的楼梯。又穿过一条走廊，我看到了一扇敞开的门。耳畔传来一阵粗重而凄厉的喘息声，我进入了巴尔扎克的房间。

房间中央摆着一张桃花心木制成的床，床头和床尾装有横档和皮带，这显然是用来悬吊、移动病人的装置。巴尔扎克先生躺在床上，头靠在一堆枕头上；枕头旁还加上了几个从长沙发上拿来的红色锦缎靠垫。他的脸色发紫，几近乌黑，头微微倾向右侧，胡须蓬乱未剃，灰白的头发剪得很短，睁着眼睛，目光呆滞。我从侧面看着他，他此刻的模样，竟与一位皇帝有几分相似。

一位老妇人、一个看护以及一名男仆站在床的两侧。他们静静地站着，神情中带着一种近乎恐惧的肃穆，聆听着垂死者粗重而刺耳的喘息声。

床头后面的小桌子上放着一根燃烧的蜡烛，门旁的五斗柜上也点着一根蜡烛。床头柜上则放着一个银质的水壶。

众人缄默，只是紧张地注视着正在呻吟的病人。

床头的烛光鲜明地照亮了一幅挂在壁炉旁的

画像：一位年轻男子，面色红润，带着微笑。

一股令人无法忍受的气味从床上弥漫开来。我掀开床罩，握住了巴尔扎克的手。他的手湿漉漉地覆着一层冷汗。在我的轻按下，他毫无回应。

这正是一个月前我来探望他时所到的同一间房。那时他神采奕奕，充满希望，对康复毫无怀疑，还笑着指给我看自己浮肿的身体。

那天，我们长谈了许久，还为政治争论了一番。他指责我"过于民主"，而他本人则是坚定的保王派。他对我说："你怎么能如此平静地放弃法国贵族院议员的头衔呢？那可是仅次于法国国王的最尊贵的称号！"

他还对我说："我买下了博让先生的宅邸，除却花园，还得到了那条通往街角小教堂的耳堂。楼梯上一扇门直通教堂，只要转动钥匙，我就能直接去听弥撒。比起花园，我更看重这扇小门和那座耳堂。"

当我那天告别时，他还亲自送我到那段楼梯，

步履蹒跚地走着，并指给我看那扇门。临别时，他还朝着他妻子高声说："一定要让雨果先生好好看看我所有的画！"

看护对我说：

"他将在天明时逝去。"

我带着脑海中那张苍白的面容下了楼。穿过客厅时，我再次看见那尊大理石半身像，依然静止、冷峻、傲然，却又隐隐放射着光辉。我不禁在心中比较了死亡与不朽。

那天是星期天，回到家里，我发现有好几位客人正在等我，其中包括土耳其代办里萨贝、西班牙诗人纳瓦雷特，以及意大利流亡者阿里瓦贝内伯爵。我对他们说："先生们，欧洲即将失去一位伟大的精神丰碑。"

巴尔扎克那夜便去世了，享年五十一岁。

他的葬礼安排在星期三。遗体先被停放在博让小教堂，并通过那扇门运出——那扇他曾言，比起昔日农税总管豪宅的花园天堂，他更为珍视的门。

巴尔扎克去世当天，画家吉罗为他画下了遗容。人们本想为他制取面具，但因尸体腐败太快而未能实现。次日清晨，模具工人赶到时，发现他的面容已然变形，鼻梁塌落到脸颊上。最终，他被安置在一口内衬铅板的橡木棺材中。

葬礼在圣菲利普鲁尔教堂举行。我站在棺椁旁，不禁回想起多年以前，我的第二个女儿曾在这里受洗，而自那日起，我再未踏入这座教堂。生与死，在记忆中总是如此紧密相连。

内政部部长巴罗什也出席了葬礼。他坐在我身旁，面对着灵柩，不时与我低声交谈。

他说："他是位杰出的人。"

我答道："他是一个天才。"

送葬的队伍穿越巴黎，经由林荫大道前往拉雪兹神父公墓。我们离开教堂及抵达墓地时，天上飘着细雨，仿佛天空也在洒下眼泪。

我步行在灵柩右侧，手中紧握覆盖棺木

的大幔布上的一颗银质穗球，左侧则是亚历山大·仲马。

我们到达墓地顶部时，人群熙熙攘攘。道路崎岖而狭窄，马匹在陡坡上难以控制灵车，车轮滑动，倒退下来，我被挤在一块墓碑和车轮之间，几乎被碾轧。站在墓碑上的人们伸手把我提了上去，把我拉到了他们身旁。

整个送葬过程，我们都是徒步完成的。

棺木被放入墓穴，那地方靠近夏尔·诺迪埃和卡西米尔·德拉维涅之墓。神父念完了最后的祷文，我也说了几句话。

我发言时，金乌西沉，整个巴黎在远处的晚霞中沐浴着光辉。就在我脚下不远处，墓穴里的土壤不断塌落，低沉的声音中断了我的讲话，那是松动的泥土落在棺木上的声音。

从巴黎到
拉费泰苏茹瓦尔

出发离开巴黎——圣普里山——破坏者的壮举——南特伊勒奥杜安——维莱科特雷——达马丁的 1600 个奇观——上帝将长途马车赐予失去敞篷马车的人——拉费泰苏茹瓦尔——一位继承了圣西蒙公爵宅邸的杂货商——乡野风光——旅人的偏好——驼背者与宪兵——何谓勇士——何谓懦夫——皮肉与外衣——1814 年与 1830 年——莫城——一座精美的楼梯——博须埃的主教座堂——莫城在巴黎之前便有了剧院——为何莫城人曾吊死魔鬼——一位王后如何使一位国王得入天堂

拉费泰苏茹瓦尔，1838 年 7 月。

前日清晨，约莫十一点钟，正如我在信中告诉你的那样，我离开了巴黎。我沿着通往莫城的道路前行，将圣但尼、蒙莫朗西以及丘陵尽头的圣普里山抛在左侧。那时，我怀揣温柔的思绪，向你们所有人致以深深的念想。我一直凝视着那片远方平原上的小小暗影，直到道路的一个转弯，突然将它从我眼前掩去。

你知道，我素来喜爱那种缓慢而悠然的长途旅行，无须劳顿，无须行李，乘着敞篷马车，唯与我的童年旧友维吉尔与塔西佗相伴。你大抵已能想象出我的旅伴和行装。

我选择了沙隆方向，因为苏瓦松这条路数年前我已走过。如今，由于那些破坏者，这条路已失去昔日的风采。南特伊勒奥杜已不见那座弗朗索瓦一世兴建的城堡。在维莱科特雷，昔日瓦卢瓦公爵的壮丽府邸，如今已被改作贫民收容所。

那里，如同诸多地方，雕塑与壁画已荡然无存，文艺复兴的精髓、十六世纪的优雅，尽数被刮刀与石灰覆盖。达马丁摧毁的那座庞大的古塔，昔日里登高远眺，蒙马特高地清晰可见。因其纵向裂痕，这座塔催生了一个我始终不解的谚语："他像达马丁的城堡一般，笑裂了肚皮。"[1]旧岁莫城主教与香槟伯爵发生冲突时，他可以携七人逃入古堡避难。如今，古堡不再，达马丁也无法催生俗语，唯一留下的，不过是些许文学随笔。其中便有我当年途经此地，在某间客栈桌上随手翻阅的一本地方志中逐字抄录的内容：

"达马丁（塞纳－马恩省），一座坐落于山丘上的小城镇。这里盛产蕾丝花边。住宿：圣安娜旅馆。奇观：教区教堂、集市厅，1600 名居民。"

1　法文谚语原文为"Il est comme le château de Dammartin qui crève de rire."。

由于那位被称作"马车夫"的长途马车暴君给予旅人用餐的时间少得可怜，我当时未能亲自验证这 1600 位居民是否果真个个堪称奇观。

于是，我选择了途经莫城的路线。

在克莱与莫城之间，天气晴朗，路况绝佳，然而，敞篷马车的车轮却突然折断。你知道，我是那种即便遭遇意外也会继续前行的人。既然马车抛弃了我，我便也抛弃了马车。恰好，一辆名为"图沙尔"的小型长途马车经过，车上只剩一个空位，我立刻坐了上去。事故发生十分钟后，我已稳稳地坐在马车顶层，与一名驼背者和一名宪兵并肩同行，继续我的旅程。

此刻，我已抵达拉费泰苏茹瓦尔。此前我已造访这座秀美的小城三次，第四次依旧欣然再访。它有三座桥梁，几座迷人的小岛，一座横卧在河流中央的古老磨坊，依靠五道拱桥与大地相连；还有一座路易十三时期的精美楼阁，相传曾为圣西蒙公爵所有，如今却落入一位杂货商之手，在他手中变得面目全非。

如果圣西蒙公爵的确曾拥有这座宅邸，我不禁怀疑，他在拉费尔泰 – 维达姆的出生地，是否真的比这座小巧庄严的城堡更显贵气，更具威仪，更能衬托他那桀骜不驯的公爵与贵族议员风范。

现在正是旅行的绝佳时节。乡间田野里到处都是忙碌的农人，收割已近尾声。田地间，高大的麦垛正被堆起，半成之时，形状颇似叙利亚那残缺的金字塔。收割后的麦秆平铺在丘陵的坡面上，远远望去，宛如斑马的脊背。

你是知道的，朋友，我旅行时寻求的并非事件，而是思想与感受。新鲜的景物足以慰藉我，而我所需的并不多。只要有树木、青草、清新的空气，有一条路在我眼前铺展，又在我身后延伸，便已足够。若是平原，我欣赏其辽阔无垠的天际线；若是丘陵，我期待在每一处山巅发现新的风景。方才，我正凝望一条美妙的山谷。两侧丘陵错落有致，农田分割出各种有趣的几何图案。几

簇低矮的茅屋点缀其间，屋顶几乎与地面相接。溪流在谷底蜿蜒，沿岸是一道浓密的绿带，一座斑驳的古石桥横跨其上，将两端的大道连接起来。就在那一刻，一辆德国大货车缓缓驶过桥梁。它高高鼓起，层层捆扎，看上去宛如被系在四轮上的高康大[1]的大肚皮，由八匹骏马拉动前行。在我的视野里，远处的山丘起伏，在炽烈阳光下闪耀的车轮正沿着坡道攀升。两旁成排的树木投下黑色的阴影，宛如一把缺齿的巨大梳子，横亘在阳光之中。

你或许会因这"阴影形成的梳子"而发笑，但我却被这幅景象深深吸引。那排树木，那奇妙的阴影，那沉重的货车，那洁白的道路，那斑驳

1　高康大（Gargantua）是法国作家拉伯雷的《巨人传》中一位极具代表性的巨人形象，他身材庞大，力大无穷，具有超乎常人的智慧和能力，其行为和思想常常突破常规，展现出对知识的渴望和对旧有社会观念的挑战，是作者笔下理想化的人物，象征着人性的解放与自由。——译者注

的古桥，那些低矮的茅屋——这一切都让我心生愉悦，令我会心一笑。这样一个山谷，加上广袤天空，便足以让我满足。我独自一人，静静欣赏，沉浸其中。而同行的旅客们，却无聊得打起呵欠。

每当马车换马时，一切都令我感到趣味盎然。我们在一家旅店门前停下，马蹄与铁器碰撞，发出一阵喧响。大道中央，一只白色母鸡踱步而行，灌木丛里则藏着一只黑色母鸡。角落里，一架破旧的耙子或断裂的车轮斜倚着，一群脏兮兮的孩童在一堆黄沙上玩耍。而在我的头顶上方，一块锈蚀的老铁招牌悬挂着，牌上赫然描绘着查理五世、约瑟夫二世或拿破仑的肖像——那些昔日的伟大帝王，如今不过成了一家小旅店的招徕之物。屋内充满了喧闹的喊声；门口，马夫和厨房帮佣相互调笑，空气中粪堆和泔水交织出一股怪异的气味。而我，凭借我的制高点——车顶的位置，或是细听驼背者与宪兵的对话，或是欣赏那些矮小的罂粟花如何在破旧的屋顶上形成一片片鲜艳的绿洲。

实际上，这名宪兵与这个驼背者皆是哲人，毫无傲气，彼此心平气和地交谈着。宪兵并未轻视驼背者，而驼背者也未鄙视宪兵。驼背者在茹阿尔每年缴纳六百法郎的赋税——他特意向宪兵解释，这座小镇的名字源自拉丁语 Jovis ara（朱庇特的祭坛）。此外，他的父亲在巴黎，每年纳税九百里弗尔[1]。每次经过莫城与拉费尔泰之间的马恩河大桥，不得不支付通行费时，他总是愤愤不平，怒斥政府。而宪兵呢？他不纳税，却坦然讲述着自己的故事。1814 年，在蒙米拉伊战役中，他奋勇作战，犹如一头雄狮，因为那时，他只是一名征召入伍的新兵。但到了 1830 年，七月革命爆发，他却惊慌失措，落荒而逃，因为此时，他已是一名宪兵。这让他深感困惑，而我却丝毫不感到惊讶。新兵时，他一无所有，二十岁的热

1　法国的古代货币单位名称。——译者注

血无所畏惧。宪兵时，他已有妻儿，甚至有了一匹属于自己的战马，因此心生怯懦。同样一个人，却已是截然不同的人生。人生，如同一盘菜肴，其滋味取决于调味的酱汁。最无畏的，往往是亡命徒，因为在这个世界上，人们所珍视的，并不是自己的皮肉，而是自己的外衣。一旦身无长物，便再无执念。

当然，我们也必须承认，两个时代截然不同。空气中弥漫的思想，如同寒流或暖风，不仅影响普通人，也同样影响士兵。1830 年，整个国家被革命的狂潮席卷，他在这股思想的飓风下，被压弯了脊背，被击垮了意志。革命的力量，宛如事物本身的灵魂，无形却无可抗拒。而且，七月革命是一场何等阴郁而令人泄气的战斗啊！要为了几条荒唐的法令、为了某个紊乱头脑中的幻象而作战；兄弟对兄弟、步兵对工人、法国人对巴黎人——这一切，怎能不令人心灰意冷？而 1814 年，情势则完全不同。那时，新兵们面对的，是

外敌，是真正的敌人，他们战斗的目标清晰而直接：为了自己，为了所有人，为了父母兄弟，为了家中刚放下的犁头，为了远方袅袅炊烟的茅屋，为了脚下这片沾满战靴铁钉的国土，为了鲜血淋漓却依旧鲜活的祖国。在1830年，士兵们根本不知道自己为何而战。而在1814年，他们不仅知道，更理解；不仅理解，更感受；不仅感受，甚至亲眼见证。

莫城有三样东西吸引了我的目光：一座精致的小型文艺复兴风格门廊，紧挨着一座破败的古老教堂，位于城镇入口的右侧；然后是那座庄严的大教堂；最后是在教堂后方，一座古老的石砌宅邸，半要塞性质，四角矗立着硕大的嵌入式塔楼。宅院中央是一个庭院，我毫不犹豫地走了进去，尽管我瞥见角落里有一位年迈的妇人正低头织着毛线。然而，这位和蔼的老妇人并未阻拦我。我想要端详那座外部的壮丽楼梯——它由石板铺就、木料架构，通往那座古老的宅邸。楼梯依靠着两道低矮的拱门支撑，顶部覆盖着一座装饰有篮状拱窗的挑檐式屋顶。遗憾的是，我没能抽出时间将它绘制下来，我对此深感惋惜。这是我第一次见到这种样式的楼梯，看上去应当是十五世纪的遗存。

这座雄伟的教堂始建于十四世纪，又在十五世纪继续扩建，最近却被人以一种丑陋不堪的方式修复了。此外，它至今仍未完工。按照建筑师最初的设计，它本应有两座高塔，但最终只建成了一座。另一座塔，仅仅完成了部分基础结构，如今只是个残缺的塔基，被一层板岩装饰掩盖了它的未竟之态。教堂的中央大门与右侧门建于十四世纪，而左侧门则属于十五世纪的风格。三座门皆气势恢宏，尽管因其材质的关系，已被风雨侵蚀，石面斑驳剥落，月光投下的阴影更添几分残旧之感。

我原想细细辨读门楣浮雕的故事，但强烈的阳光直射教堂立面，使我无法看得更清楚。我仅能分辨出左侧门楣所描绘的是施洗者圣约翰的生平，其他细节则因光线过于炽烈而难以辨识。教堂内部的构造恢宏大气。圣坛上方，一系列镂空的三叶拱窗交错排列，造型优美，令人叹为观止。后殿仅存一扇瑰丽无比的彩色玻璃窗，它的壮丽让人不禁遗憾其他彩窗未能保存下来。如今，教堂正忙着在圣坛入口处重置两座十五世纪的木雕祭坛，其雕刻工艺精美绝伦，然而，却被涂上了油漆，一层仿木色涂料掩盖了原本的韵味——这恐怕正是当地人的审美偏好吧。在圣坛左侧，靠近一座低矮的、设有半圆形楣窗的门，我发现了一尊跪姿的大理石雕像，雕刻着一位十六世纪的武士。但令人费解的是，这座雕像既无家族纹章，亦无铭文，我无法判断此人究竟是谁。而博学如你，或许能够识出他的身份。圣坛右侧，则矗立着另一座雕像。这座雕像留有铭文，它的存在得以免于被世人遗忘，否则，连你恐怕也不会猜到，这座呆板生硬、毫无生气的大理石塑像，竟是那位严肃深沉的贝尼涅·博须埃！至于博须埃本人，恐怕在莫城教堂的岁月里，他可能正是摧毁彩色玻璃窗的幕后推手。我特意瞧了瞧他的主教宝座：一张路易十四风格的精美木雕座椅，顶端装饰着一顶雕刻精细的华盖。可惜时间紧迫，我未能去主教府一探他那闻名遐迩的书房。

奇怪的是，莫城竟然比巴黎更早拥有一座真正的剧院！据当地图书馆的一份手稿记载，这座正式的剧场建于1547年，它兼具了古罗马马戏场与现代剧院的双重特色：说它像马戏场，因为它覆盖着一层天幕；说它像现代剧院，则是因为四周设有可上锁的包厢，这些包厢是专门租给莫城的居民的。在这里，人们上演宗教神秘剧。其中，有一位演员帕斯卡卢斯，长期扮演魔鬼，以至于"魔鬼"这个绰号成了他的本名。然而，命运弄人。1562年，帕斯卡卢斯将莫城拱手让给了胡格诺派新教徒。一年后，在1563年，天主教势力夺回了城镇，他们将帕斯卡卢斯绞死。倒不是单纯因为他出卖了莫城，而是因为他名叫"魔鬼"。时至今日，巴黎拥有二十家剧院，而莫城却一家都没有。有人说，莫城还为此感到自豪，就好像它在炫耀自己不同于巴黎。

这片土地上，路易十四时代的印记随处可见。这里有圣西蒙公爵；莫城有博须埃；费尔特－米隆，有拉辛；蒂埃里城堡，有拉封丹；在这片土地上，伟大的贵族与主教毗邻，悲剧与寓言相互交汇，交织成了这个时代的辉煌篇章。

当我走出大教堂时，太阳被云层遮蔽，这让我终于可以好好端详它的立面。中央大门的主门楣极具研究价值。在其下半部分，雕刻着法国王后让娜的故事——她是腓力四世的王后，在她死后，她的财产被用来修建这座大教堂。画面展现了一个极富戏剧性的场景：让娜王后手持她亲自资助的大教堂模型，站在天堂之门前；圣彼得站在门后，正双扉大开，迎接她进入天堂；在她的身后，站着她的丈夫——腓力四世，但他的姿态却显得尴尬而无助，仿佛一个羞惭的穷人，不知该如何自处。最有趣的是，雕刻师赋予了王后一抹灵动的幽默——她略微侧目，目光斜瞥着可怜的腓力四世，同时轻轻耸肩，好似在向圣彼得说："唉！算了吧，就当是顺带的，把他也一起放进去吧！"

小　费

除了大教堂、市政厅和伊巴赫宅邸，我还在科隆附近的施莱斯科滕参观了古罗马时期的地下渡槽遗迹。这条渡槽曾连接科隆与特里尔，如今在三十三个村庄仍能找到其痕迹。在科隆城内，我参观了瓦尔拉夫博物馆。本想在此详细罗列馆藏，但还是免了吧。你只需要知道：尽管由于胡布施男爵的劫掠，我未能见到古日耳曼人的战车，以及著名的埃及木乃伊和1400年在科隆铸造的四码长巨炮，但我却欣赏到了一具非常精美的古罗马石棺，以及主教伯纳德·冯·加伦的铠甲。有人还向我展示了一副巨大的胸甲，据说曾属于帝国将军让·德·韦尔特，但我却未能找到那把传说中长达八英尺半的巨剑，也没见到那杆据说像波吕斐摩斯松柏一般的长枪，或是那顶需要两个人才能抬起的荷马式巨盔。

无论是博物馆、教堂还是市政厅，这些美丽或奇异的景观确实令人赞叹，但赏景的乐趣却总被小费的无尽骚扰所冲淡。在莱茵河畔，如同所有旅游胜地一样，小费就像烦人的蚊子，随时随地盯上你，叮咬的不是你的皮肤，而是你的钱包。而对于旅行者而言，钱包无疑是最珍贵的。如今，淳朴的待客之道已不复存在，门口迎接远方客人的温暖微笑和真挚热情已然不再。这里的人们已将索要小费发展成了一门精妙的艺术，我只是如实描述，并无夸大。

你抵达某个地方，城门口的侍卫会询问你下榻的旅店，接过你的护照并留存。进入车站，马车停在邮政旅馆的庭院，整趟旅程中从未正眼看过你的车夫，此刻忽然露出憨态可掬的笑容，为你打开车门，伸手相助。小费！

片刻后，马夫出现了。按警察条例，他本不应索要报酬，但他仍然用一连串你听不懂的鸟语发表了一篇演讲，意思只有一个：小费！

行李被卸下，一个彪形大汉从车顶取下你的手提箱和旅行袋，轻轻放在地上。小费！

另一个家伙抬着你的行李放上手推车，问你要去哪个旅店，然后一路在前面狂奔，推着你的行李飞奔而去。到了旅店，店主出现，展开一段经典对话，这段对话应该被刻在全世界所有旅店的门上：

"先生，您好。"

"先生，我想要一个房间。"

"好的，先生。"（转身大喊）"带先生去4号房！"

"先生，我想用餐。"

"马上，先生！"……

你上楼进入4号房，你的行李已经送到。一个陌生男人，就是刚才推手推车的家伙突然出现。

小费!

接着，又来一个陌生男人。他又想干什么？原来是他把行李搬进了你的房间。你对他说：

"好吧，等我离开时，你的小费，我会和其他仆人的一起给。"

"先生，"那人回答道，"我可不属于这家旅馆。"

——小费!

你走出旅馆，看见一座宏伟的教堂，心生向往，决定进去参观。你四下张望，寻找入口，但门都是锁着的。耶稣曾说，"竭力劝说他们进来"[1]，但如今的教士们却让司事关上大门，以此赚取三十个苏的小费。这时，一位老妇人看到你四处张望，便走近你，指向门旁的小铃铛。你明白了，按响铃铛，小窗口打开，司事探出头。你

1　原文为Compelle intrare。出自《路加福音》第14章第23节，耶稣在比喻中提到主人吩咐仆人"出去到路上和篱笆那里，勉强人进来，坐满我的屋子"。——译者注

表达了参观教堂的请求，他拿出一串钥匙，缓步走向大门。就在你即将踏入教堂的瞬间，忽然有人拽了拽你的袖子，是那位热心的老妇人，她紧随而来，你这个忘恩负义的家伙，竟差点儿忘了她！小费！

终于，你进了教堂。你欣赏着建筑，惊叹着艺术，突然，你发现一幅画前挂着一道绿色帷幕。

"为什么这幅画上有帷幕？"

"因为这是教堂里最美的画。"司事答道。

"真好笑！在别处，人们争相展示杰作，而这里竟然把它藏起来。"

"这是谁的作品？"

"鲁本斯。"

"我想看看。"

司事离开，几分钟后，他带着一位表情严肃而哀伤的人回来了。这位先生就是教堂的管理员。他按动机关，帷幕缓缓升起，你终于得以一睹名画风采。画欣赏完毕，帷幕复又落下，管理员深深鞠了一躬，其意不言自明——小费！

继续在教堂内参观，司事始终如影随形，直到你来到合唱席的栏杆前。这道栏杆紧闭着，门前站着一位衣饰华贵、气宇轩昂的男子，他就是早已得知你会经过的瑞士侍卫。合唱席属于他，他便是这里的"守门人"。你在他的引导下绕场一周，欣赏完毕，刚要离开，这位羽饰飘扬、金光熠熠的侍卫又深深一鞠躬——小费！

瑞士侍卫将你重新交给了司事。你继续前行，经过圣器室，奇迹发生了，门竟然是开着的！你走进去，里面站着一位圣器管理员。这时，司事缓缓退场，因为他得让圣器管理员"接管"你。圣器管理员立刻上前接应，兴致勃勃地向你展示着，你其实完全可以自己看清的圣体容器、祭服、彩绘玻璃，又领你欣赏主教的礼冠，甚至还有一个奇特的展品：一副身着吟游诗人服饰的圣徒遗骸，躺在陈旧的白缎盒中，罩着一层玻璃。圣器室参观完毕，唯余圣器管理员本人的——小费！

　　司事重新接手，领你来到钟楼的阶梯前。从高塔上俯瞰，一定美不胜收，你决定攀登。司事一言不发，推开门，让你进去，你开始沿着圣吉尔螺旋梯爬上三十级台阶。突然，你被一道紧闭的门挡住了去路！你转身四顾，司事已经消失。你敲门，一张脸出现在窥视孔后——是敲钟人。他打开门，微笑着说："先生，请上楼。"——小费！

　　你继续攀登，发现敲钟人并没有跟上来，你心想："太好了，终于能独自欣赏风景。"你悠然自得地登上钟楼顶端的平台。蓝天如洗，景色壮美，地平线无比辽阔。你四处漫步，尽情呼吸高处清新的空气，陶醉于这份宁静。然而，过了一会儿，你隐约察觉身后有人。那是个不速之客，一直贴身尾随，低声在你耳边喃喃不休，含糊其词地讲述着一些莫名其妙的事情。

　　这个不速之客，原来是教堂的官方解说员，他享有特权，专门负责向游客讲解钟楼、教堂及周边景色的壮丽之处。这位先生往往口吃，有时甚至既口吃又耳聋。你并不理会他，任由他在一旁喋喋不休，你则沉浸在自己的观赏之中。你欣赏着教堂那巨大的后翼，它的飞扶壁如同剖开的肋骨，你细细端详着石质尖塔上千丝万缕的雕刻细节，俯瞰屋顶、街巷、山墙，以及犹如车轮辐条般延展向四方的大道，它们的终点，是遥远的地平线，而这座城市，正是那车轮的中心。放眼望去，田野、树林、河流、丘陵，尽收眼底。当你尽兴之后，你想着该下楼了，便转身朝螺旋梯的入口走去。那人却挡在了你的面前——小费！

"很好，先生，"他一边收起钱，一边继续说道，"现在，您能再给我点儿吗？"

"怎么？刚才我不是已经给过了吗？"

"哦，先生，您刚才给的，是'教堂维修基金'的份额，每位游客我都得上交两个法郎。但您想必也能理解，我自己总得得到点儿什么吧？"

——小费！

　　你终于下楼。刚走到半道，突然，一道暗门在你身旁打开了，是钟楼的钟室。"这么美的钟楼，怎么能不看看大钟呢？"一个年轻小伙子迎上前来，热情地向你介绍每口钟的名字——小费！

　　钟楼下，你的"老朋友"司事仍在等待。他彬彬有礼地把你送到教堂门口，深深一鞠躬——小费！

　　你回到旅馆，一路上再也不敢随便问路，生怕被人趁机索要小费。你刚踏进旅馆，就看见一个陌生的身影热情地迎上前来，态度亲切得仿佛是老友重逢。原来，是那个在城门口接待你的卫兵，他这次来，是归还你的护照——小费！

　　你吃完晚餐，到了结账离店的时候，侍者送上账单——小费！

　　行李员把你的行李搬到驿站马车或快邮车上——小费！

　　邮递员再把行李抬上车顶——小费！

　　你登上马车，天色渐暗，新的一天即将到来，而明天，一切都会重演。

　　小结：给车夫小费，给驿车夫小费，给卸货工小费，给推车工小费，给不属于旅馆的那个男人小费，给那位热心的老妇人小费，给鲁本斯（画作）小费，给瑞士侍卫小费，给圣器管理员小费，给敲钟人小费，给解说员（巴拉巴拉先生）小费，给教堂维修基金小费，给副敲钟人小费，给司事小费，给卫兵小费，给旅馆侍者小费，给马厩工小费，给邮递员小费。一天之内，总共十八次小费！去掉教堂相关的特别昂贵的部分，仍然有九次。现在，你可以算一算，每次小费至少五十生丁，有时甚至高达两个法郎，而且是"必须"给的，最终的总额相当可观。别忘了，每一笔小费都必须是银币，铜币和找零的铜角，对于这些人来说，简直是垃圾，连最卑微的仆役都不屑一顾！

　　对于这些极具商业头脑的人们来说，游客不过是一个装满金币的口袋，他们的任务，就是尽快把它掏空。每个人都要分一杯羹，甚至政府也不例外！有时，政府本身就扮演着行李搬运工的角色：它会抢先把你的行李扛走，然后理直气壮地伸手索要小费。在大城市里，行李搬运工每接待一名旅客，都必须向皇家财政上交十二个苏和两个里亚尔。我刚到亚琛不到十五分钟，就已经为普鲁士国王敬献了第一笔小费！

莱茵瀑布

莱茵瀑布

实地所记 —— 抵达 —— 劳芬城堡 —— 瀑
布 —— 景象及细节 —— 导游的讲述 —— 孩子 ——
观景台 —— 最佳视角 —— 作者倚靠在岩石上 ——
一幅布景 —— 一枚签名与花押 —— 天色渐暗 ——
作者渡过莱茵河 —— 莱茵河与罗讷河 —— 瀑布的
五个部分 —— 苦役犯

劳芬，九月。

我的朋友，我该如何向你倾诉？我刚目睹了
这叹为观止的奇景，此刻我仍与它近在咫尺，仍
能清晰地听见它的轰鸣声。我提笔文思泉涌，却

不知所云。思想与画面在脑海中翻涌，彼此碰撞、冲击、破碎，最终化作烟雾、泡沫、喧嚣与雾霭般的朦胧。我感觉整个莱茵瀑布在我的脑海中奔腾咆哮。

我便信笔挥洒此刻涌现的一切，希望你能心领神会。

抵达劳芬。这是一座十三世纪的古堡，巍然壮丽，风格纯正。城门两侧，两条镀金巨蛇张口咆哮，似乎正发出神秘的轰鸣声。

踏入城堡。

城堡中庭，如今早已不复昔日荣光，反倒更像是一座农庄：鸡鸭成群，鹅鸣此起彼伏，角落里堆着粪肥，一辆旧车随意停放，一只石灰桶孤零零地立着。轻启门扉，瀑布赫然映入眼帘。

蔚为大观！

最初是骇人的喧嚣！然而当你逐渐适应这声浪，再度凝视眼前的景象，便会发现瀑布在怒涛之中切割出深邃的谷壑，波涛翻滚成片片白色鳞甲。正如大火熊熊燃烧时，火海之中总有意外的静谧角落，在这汹涌澎湃之中，也隐藏着丝丝温柔：泡沫间点缀着茂密的丛林，苔藓间蜿蜒着清澈的小溪，仿佛是普桑笔下阿卡迪亚牧羊人的仙境，泉水潺潺，掩映在微微摇曳的绿荫之下。然而，细节很快烟消云散，瀑布的磅礴再次攫夺你的全部感官。这是一场永恒的风暴，一条狂怒的玉龙！

水流呈现出一种奇异的透明感，湛蓝中透着剔透的光泽。瀑布底下，黑色的岩石勾勒出森然鬼魅的面容，它们似乎触及水面，实则沉没在十英尺深的水中。在两个最猛烈的水口之下，两团巨大的白色水雾翻涌而起，化作翠绿色的云团，弥散在河面上。河对岸，我望见一小片宁静的村舍，主妇们在屋前忙碌着，全然无视震耳欲聋的瀑布。

当我凝视瀑布时，导游对我说道：博登湖在1829 年至 1830 年的冬天完全冻结了，距离它上次结冰，已有一百零四年之久。当时，人们可以驾车穿越湖面。然而，沙夫豪森的寒冷也夺去许多穷人的性命。

我向更深的峡谷走去。天空灰蒙蒙的，乌云低垂，让整个瀑布笼罩在一种晦暗不明的气氛中。瀑布声浪惊人，如猛虎咆哮，水流湍急，令人胆寒。弥漫在空气中的水雾，宛如烟霭与骤雨交织成的尘埃。透过这层朦胧的雾幕，瀑布的全貌一览无余。五块巨大岩石横亘其间，将瀑布分割成五条气势各异的水流。乍看之下，它们宛如五座被洪流吞噬的泰坦之桥，桥墩已然腐蚀，仅剩残垣断壁。到了冬季，冰层在这些漆黑的石墩上搭起湛蓝的拱桥，仿佛是一座凝固的幻梦。

最近的一块巨岩，形态奇异，远远望去，竟像是一尊从狂怒水流中探出头颅的印度神像，那张脸狰狞而冷漠，宛如象首神甘尼许。其顶端生长着错落的灌木与树木，仿佛一头倒竖的长发，让它更显骇人。

在瀑布最汹涌的部分，一块巨岩时隐时现，像是被吞噬的巨人颅骨，六千年来，始终承受着这恐怖洪流的冲击。

导游继续说道：莱茵瀑布距离沙夫豪森仅一法里。这里，整个莱茵河的水流从七十英尺的高处坠落。

通往瀑布深渊的崎岖小道，自劳芬城堡蜿蜒而下，途中穿越一座小花园。伴随震耳欲聋的瀑布声，我看见一个孩子，似乎早已习惯了与这世界奇观为伴。他在花丛间玩耍，一边轻声哼唱，一边将他稚嫩的小手探入一朵朵粉色的金鱼草中。

这条小道设有多个观景台，每到一处都要支付一些费用。可怜的瀑布，竟也无法肆意奔腾。它日夜不歇，将无尽的泡沫抛洒到树林、岩石、河流和云层之上，那么，它顺便也该洒落几枚硬币到某些人的口袋里，这也是再正常不过了。

沿着这条小径，我最终抵达一个悬空的阳台，它摇摇欲坠，仿佛探入瀑布深处，与深渊融

为一体。

此刻，所有感官同步震撼！耳鸣目眩、心神俱颤，恐惧而又迷醉。人们紧紧倚靠在震颤的木质栏杆上，四周是秋天的金黄树叶，点缀着火红的花楸，而在前方，一座仿佛土耳其咖啡馆风格的小亭伫立在风雨飘摇之中，供人俯瞰这可怖的奇景。女士们纷纷裹紧油布披肩（一人一法郎）。然而，哪怕再厚的披肩，都无法抵挡这狂暴如雷的倾盆骤雨。

晨露之中，几只娇小的黄蜗牛悠然爬行，点缀着栏杆的边缘。那高悬于阳台之上的岩石，仿佛在无声啜泣，滴滴水珠顺着峭壁，汇入奔腾的瀑布。在瀑布中央的岩石上，竖立着一座骑士木雕，仿佛一位吟游武士，静静地倚靠在绘有白色十字的红盾上。必定有人曾冒着生命危险，才能在这片上帝的永恒诗篇中，植入如此戏剧般的布景。

瀑布中两块最巨大的岩石，仿佛两位苏醒的

巨人，相互呢喃。而他们的声音，正是这永不停歇的雷鸣。在那片翻腾不休的泡沫波涛之上，一座宁静的小屋静静伫立，周围环绕着温馨的小果园。仿佛这头怒吼的怪兽，被命运束缚，永恒背负着这茅舍的幸福宁静。

我走到阳台尽头，倚靠在冰冷的岩壁上。

此刻，眼前的景象更加骇人，崩塌，仿佛整个世界都在坠落。那壮丽而恐怖的深渊，肆意将水珠喷向每一个胆敢直视它的人。这一幕震撼至极。瀑布的四条主流，翻腾、跃起、坠落，循环往复，令人不禁想到风暴战车上旋转的四轮，闪耀着炽烈的光芒。

木桥被水浸透，桥板湿滑，落叶在脚下微微颤抖。忽然，在一块岩石的缝隙中，我发现了一簇枯萎的青草。在沙夫豪森瀑布的咆哮之下，在这永无止息的洪流之中，它竟然枯萎了！

这意味着，在无尽的水幕之下，它竟然得不到哪怕一滴水。世间亦是如此。有些人身处繁华

世界，身边尽是滚滚财富与喧嚣，而他们的灵魂
却仍旧枯竭。因为他们缺少的，不是世间的给予，
而是来自天上的那一滴甘露——爱。

在土耳其风格的小亭中，摆放着一本访客留
言簿，来者被邀请留下自己的名字。我随意翻阅，
忽然看到一处署名"亨利"，下方画着一个神秘
的花体字。那是一个"V"吗？

时间如白驹过隙，我已不知自己在这震撼人
心的景象前驻足了多久。在这宏伟的凝视之中，
逝者如斯。

直到有人提醒我，天色已暗。我返回城堡，
下到河滩，准备横渡莱茵河前往右岸。河滩正位
于瀑布下游，渡船离瀑布不过数丈之遥。乘船横
渡激流，着实令人胆寒。摆渡的船是一艘玲珑精
巧的小艇，造型轻盈别致，如同原始森林中的独
木舟。船身以柔韧的木材打造，如鲨鱼皮般光滑，
坚固且富有弹性。船夫的操作亦极其精妙，正如
莱茵河与默兹河上所有的船只一样，它们只依赖

一根带钩的撑竿和一把船桨，即可穿行激流。

当这艘小艇颤抖着驶离岸边，我仰望头顶的城堡，那些覆盖着红瓦的垛口，那嶙峋的屋脊，正凌驾于这片深渊之上。而在河岸边的卵石滩上，阳光下晾晒着一张张渔网。激流之中亦能捕鱼？毫无疑问。鱼儿无法越过这道瀑布，因此这里盛产三文鱼。然而，世人又何尝不是如此？无论浪涛如何汹涌，人类总能找到投网之处。

现在，我想要总结这些鲜活而近乎痛切的感受。最初的印象：无言。如同面对伟大的诗篇，心灵已全然被其磅礴攫取。随后，景象渐渐清晰，所有的美从混沌中显现出来。总的来说，这瀑布是宏伟的，幽暗的，可怖的，丑陋的，壮丽的，无法言喻的。

而在莱茵河的另一侧，这股巨流却轻轻拨动着水车，驱动着那些平静运转的磨坊。

一岸是城堡，另一岸是村庄。这个村庄名叫诺伊豪森。

小舟随波轻摇，我欣赏着这水的奇异色彩。水色深沉，仿佛化作液态的蛇纹石，充满神秘的光泽。

值得一提的是，阿尔卑斯山的两条大河，在离开群峰时，竟各自染上了其入海的颜色：罗讷河自日内瓦湖流出时，呈现出地中海般的深蓝；莱茵河自博登湖奔腾而下，闪耀着大西洋般的碧绿。

可惜今日天色阴郁，我未能在最灿烂的光辉下，欣赏劳芬瀑布的全部壮丽。那无数晶莹剔透的水珠，犹如大自然洒落的珍珠，在阳光下一定会更加耀眼。在晴朗的日子，阳光把这些珍珠幻化成璀璨的钻石，彩虹像一只翡翠神鸟，如同深渊之上的饮者，俯冲入那刺目的泡沫中。那又会是何等壮观！

我此刻正坐在莱茵河的对岸，撰写这些文字。在这里，整座瀑布的全貌尽收眼底，清晰地分成五个截然不同的部分，犹如一场层层递进的乐章：

第一段，如同磨坊的排水，细密而有力；第二段，经过水流与时间的雕刻，几近对称，宛如凡尔赛宫的喷泉；第三段，是一道激流瀑布，高悬而下；第四段，如雪崩倾泻，浩荡无匹；第五段，混乱不羁，乃是一片彻底的混沌。

　　停笔在即，我便合上信笺。瀑布不远处，有一处石灰岩矿场，岩石晶莹剔透，美丽异常。矿坑中央站着一个囚徒。他身穿灰黑相间的囚衣，双脚被沉重的铁链锁缚，手中握着沉甸甸的镐，正凝视着那奔腾不息的瀑布。有时候，命运似乎偏爱制造这样的对比。有些对比令人哀伤，有些则令人不寒而栗。这便是大自然与人类社会的造物，最极端的碰撞。

一滴泪报一滴水

此番言语可谓两幕场景的交汇：已然过去的前一幕，发生在"鼠洞"之中，只有三名女子在场；而即将发生的后一幕，则发生在刑台之上，吸引了整个市政广场上的围观人群——那些我们先前见过的、涌向刑台和绞架的乌合之众。

从早上九点开始，人群就被四名士兵牢牢限制在刑台四角之外，耐心等待即将开场的刑罚。虽然不至于上绞刑架，但至少会有鞭刑、割耳，或其他惩戒。无论如何，总会有些看头。因此，人群迅速膨胀，竟至于逼近士兵们的警戒线，令他们不得不屡次以鞭梢与马臀驱散过分靠前的看客。

这帮习惯了公开处刑的民众，倒也没显出过度的不耐烦。他们反倒乐此不疲地端详着刑台。这是一座极其简单的建筑，仅由一座高约十尺的石砌方台构成，内部中空。台侧有一架陡峭的石砌阶梯，被称作"刑梯"。刑梯通向平台顶部的行刑之地，一只厚重的橡木轮盘横置在刑台中央。犯人会双膝跪地被绑在轮盘上，双手反绑于背后。轮盘连接着隐藏在刑台内部的绞盘，启动后便会缓缓旋转，将罪犯的脸面轮流展示给广场的各个角落，即所谓的"旋转示众"。

由此可见，格雷夫广场的刑台，远不如中央市场那座刑台那般百看不厌。它毫无建筑美感，更谈不上纪念价值。既没有镶嵌铁十字的尖顶、八角形灯笼、饰满缠枝花叶的精巧细柱，也没有形态诡异的怪兽滴水嘴、镂空雕刻的木质桁架，抑或是深雕石刻的精美纹饰。整座刑台，只是一座四方毛石砌就的简陋立方体，外加两块砂岩板，再配上一座瘦削光秃的石质绞架，毫无生气地矗立一旁。

对那些钟情哥特式建筑的人来说，这刑台乏善可陈，堪称建筑美学的耻辱。然而，中世纪的看客，向来对建筑之美毫无兴趣。他们毫不在乎刑台是否精致，他们只在乎刑台上有什么可看的。

囚犯终于到达了刑台。他被牢牢捆缚在一辆马车的尾部，一路拖拽而来。待到他被架上平台，被绳索与皮带紧紧缠绕在刑轮上，广场上顿时爆发出一片震耳欲聋的嘲弄与欢呼声。人们已经将他认出——加西莫多！

确实是他。何等讽刺的回归！就在昨日，他还是这座广场上的王者，在呐喊声、狂欢声中被推上愚人节的宝座，在埃及公爵、金钱王和伽利略皇帝的簇拥下游行。而今日，他却沦为了这同一座广场上的笑柄，被绑缚、嘲弄、示众，成为刑台上的罪人。然而，在这群哄笑的人群之中，却无人真正意识到这种讽刺的对比，甚至连加西莫多本人，也并未觉察。或许，只有哲人格兰古瓦能看透其中的讽刺意味，但他此刻并不在场。

不久，国王的御用号手米歇尔·努瓦雷吹响了肃静的讯号，令围观的暴民安静下来，然后，按照巴黎警务长官的命令，正式宣读判决。宣读完毕，他便带着一众身穿王室制服的侍从，退到囚车之后。

加西莫多依旧不为所动。他神情毫无波澜，连眉头都未曾皱起，甚至没有丝毫挣扎。他那缚刑的姿势，在当时的法律术语中，被称作"五花大绑，捆得结结实实"——皮带与锁链已经深深嵌入了他的皮肉。在这个自诩文明、温和、人道的社会，苦役船与断头台依旧存在，酷刑传统仍未消失。

加西莫多任凭他们摆布，被牵引，被推搡，被架起，被固定。他全程一言不发，甚至没有丝毫抵抗，他脸上流露的，只有原始的呆滞，或者迟钝的迷茫。人们都知道他是个聋子，但此刻，似乎连他的眼睛都失去了光彩。

行刑开始，他们令他跪在刑轮上，他毫无反应；他们脱去他的衬衫和上衣，使其裸露至腰部，他依旧默然；他们再次用皮带与铁扣将他牢牢固定，他仍旧一动不动，只是偶尔重重喘息，像个被屠夫倒悬在屠宰车边的牛犊。

"这个蠢货！"站在人群里的让·弗罗洛，在好友罗宾·普斯潘耳畔嘀咕道，"他简直像个关在盒子里的甲虫，不知自己身在何处！"

加西莫多的驼背暴露在阳光下，围观者哄堂大笑，他们嘲弄他那如骆驼般的胸膛，他们讥笑他那满是老茧、布满毛发的肩膀。他们笑得前仰后合，狂欢似的嘲弄这个怪物。这时，沙特莱监狱的御用行刑师，皮埃拉特·托尔蒂埃抵达刑台。他身材矮小，但肌肉结实，生得凶神恶煞。其威名很快就在人群中传开。

皮埃拉特·托尔蒂埃先从刑台一角取出一个黑色沙漏，红色细沙向下流动。接着，他脱下自

己半色拼接的皮衣，露出一只壮硕的右臂。他手里握着一条表皮光滑、编织紧密的细长皮鞭，末端缀着金属爪钩。左手随意将袖子挽到腋下。

此时，让·弗罗洛仍在大声叫嚷。他站在罗宾·普斯潘的肩膀上，金色卷发随风摇曳，在人群上方高声宣告：

"先生们，女士们，快来看！我们即将亲眼见证，对'尊贵的加西莫多'进行最彻底的鞭刑！瞧这一座活生生的'东方建筑'，他的背如穹顶，腿若旋柱！"

人群爆发出哄笑，尤其是孩子们和年轻的姑娘们，笑声最为肆无忌惮。

终于，行刑师皮埃拉特·托尔蒂埃重重跺了一下脚。旋转示众开始了。加西莫多被绑缚在轮盘上，随着惯性剧烈摇晃。他怪异的面孔上突然浮现出一种茫然的惊愕，仿佛终于意识到了自己的处境。而这副神情，使得围观的人群笑得更加疯狂。

突然，轮盘缓缓转到一个角度，使得加西莫多那隆起的驼背对准行刑师。皮埃拉特高高扬起手臂，皮鞭破空而出，发出尖锐的嘶鸣，皮鞭带着金属爪钩狠狠抽打在他裸露的背上。

加西莫多猛地一颤，整个身躯像是突然惊醒的野兽。他剧烈地扭动着，试图从束缚中挣脱。

面孔因为突如其来的疼痛瞬间扭曲。然而，他没有发出一声呻吟。只是本能地四下寻找，先是向右，再是向左，头颅不断摆动，像是一头被牛虻叮咬的公牛。

第二鞭、第三鞭、第四鞭……鞭打声不断回响，皮鞭一刻不停地抽落，刑轮不停旋转，一轮又一轮，一鞭又一鞭。鲜血终于溅出！加西莫多那黝黑崎岖的脊背上，血迹如千百条细小的溪流，缓缓流淌而下。每一次挥鞭，血滴都四散飞溅向围观的人群！

加西莫多渐渐恢复了最初的沉默。他曾尝试挣脱、绷紧肌肉；他曾用尽全身力气抵抗皮带与锁链；他的眼睛曾闪烁怒火，但束缚他的，是巴黎司法机构那古老的刑具。那刑具如此坚固，在他的挣扎下，只是发出几声嘎吱作响的微弱抗议，却依旧牢不可破。加西莫多终于放弃了。他闭上那唯一的眼睛，头颅缓缓垂落，如同死去了一般。

从这一刻起，无论皮鞭如何抽打、鲜血如何流淌、围观者如何哄笑，加西莫多都不再动弹丝毫。行刑者皮埃拉特越来越兴奋，他被自己的暴行所刺激，所陶醉，手臂挥舞得愈发疯狂，皮鞭的尖啸声响彻广场，像是魔鬼的爪牙在嘲笑人间的痛苦。

终于，一个自始至终都在刑台旁静静等候、身穿黑衣、骑着黑马的沙特莱法庭书记官，举起一根黑檀木手杖，指向沙漏——时间到了！行刑师停止挥鞭。刑轮不再转动。加西莫多缓缓睁开了唯一的眼睛。

鞭刑结束了。两名行刑师的助手走上前来，清洗加西莫多血肉模糊的肩膀，然后拿出一种不知名的药膏，在伤口上粗暴地揉搓。药膏立即止住了血流，封住了所有伤口。随后，他们在他身上披了一件祭袍状的黄色粗布，勉强遮住他那已经遍布血痕的背。此时，皮埃拉特·托尔蒂埃正甩动手中的皮鞭，鞭梢上的鲜血点点滴落在石板地上。

然而，加西莫多的惩罚并未结束，还有一小时的示众刑，这是弗洛里安·巴尔贝迪安法官在罗贝尔·德斯图特维尔的判决书上额外增添的一项处罚。一切皆是为了践行一则古语：聋子荒唐[1]。

沙漏被重新翻转。加西莫多仍旧被牢牢绑缚在刑台的木板上，让公正的法律继续完成它的使命。

中世纪的民众，犹如孩童之于家庭，蒙昧无知，缺乏成熟的道德与理智，对待痛苦，就像孩子对待弱小：

1　原文为"Surdus absurdus."。

这个年纪，是不懂怜悯的。

加西莫多早已是巴黎人厌恶的对象，原因不止一个，而且个个都"有理可据"。在场几乎每个人都憎恨他，或者认为自己有理由憎恨他。圣母院的丑陋跛子，终于被拴上了刑架！当他被押解上来时，人们雀跃不已；当他受尽鞭刑时，人们哄笑不断；当他瘫软无力、血流满身时，人们本应生出的一丝怜悯，却转为更深的憎恨与戏谑。

于是，当"公愤"宣判结束，人群的"私怨"倾泻而出！如同在司法大堂上一样，女人们的声音最为突出，人人对他都怀恨在心，有的恨他狡猾，有的恨他丑陋。恨他丑陋的声音最为尖刻恶毒。

"呸！看看这张魔鬼的脸！"

"骑着扫帚的怪物！"

"这副鬼样子，昨天还当'愚人之王'，今天就变成了活靶子！"

"不错，今天是刑台上的鬼脸，明天就是绞

刑架上的！"

"该死的敲钟人，什么时候顶上你那口大钟，滚到一百尺深的地下吧！"

"这畜生竟然也能敲'天使报喜钟'？"

"哑巴！瞎子！驼子！怪物！"

"这张脸，足以让孕妇流产，胜过任何药剂和秘方！"

两名学生，让·弗罗洛与罗宾·普斯潘，放声高唱起一首古老的民谣：

绞索，

为恶徒悬挂！

柴堆，

烧尽这畜生！

侮辱的言辞，讥笑的嘲弄，恶毒的诅咒，飞溅的石块，雨点般砸向加西莫多。

加西莫多或许听不见，但他看得分明。愤怒

的狂潮，不只是从言语中喷薄，更是刻在每一张狰狞的脸庞上。飞来的石块也解释了哄笑的原因。

起初，他仍能忍耐。但渐渐地，那在刑杖下都未曾动摇的坚忍，却在这密密麻麻的"虫蚁叮咬"中溃散了。就像阿斯图里亚斯的公牛，面对斗牛士的长矛时尚能无动于衷，却会被猎犬的撕咬与彩带镖的刺激激怒。

他缓缓扫视人群，投去怒目。但他的怒视，无法驱散这群恼人的苍蝇。他挣扎着，想要挣脱束缚，他剧烈扭动，让刑台的老旧木板发出嘎吱声。这一切，只换来更多的嘲讽。

加西莫多绝望了。他不再徒劳地挣扎，像困兽一样伏下。但胸腔之中仍有愤怒的喘息，他无声地起伏着，憋闷着，燃烧着，仿佛随时会爆发出狂暴的风暴。他的脸上没有羞愧，也没有屈辱。他本就远离世俗社会，更接近自然的本能，对他而言，羞耻毫无意义。丑陋到了极致，还会在乎污名吗？可愤怒、仇恨、绝望，却在他狰狞的脸上汇聚成一团阴云。这团阴云，越来越低沉，越来越浓烈，仿佛电闪雷鸣即将倾泻而下。

然而，就在这团乌云即将酝酿风暴之时，却突然裂开了一道光亮。人群中，一匹骡子缓缓穿行，背上端坐着一位神职者。加西莫多远远地看见那匹骡子，看见了那位神父。他的表情，刹那间柔和下来。那副因愤怒而扭曲的五官，竟浮现出一种奇异的笑容——温柔、祥和，怀着无法言喻的依恋与喜悦。他笑了。那笑容越来越清晰，越来越明亮。仿佛，他的救赎者正缓缓走来。他期待着，期待着那熟悉的目光落在自己身上。

但当骡子走近刑台，当骑在上面的神父认出了他，神父猛地垂下眼睛，扭头回避。他毫不犹豫地拨转缰绳离去，快得像是在躲避一场羞辱的乞求。他害怕听见那低声的呼唤，害怕听见那悲惨的请求。他根本不愿被认出，更不愿在这等场合，与这等人有任何牵连。

这位神父，正是克洛德·弗罗洛副主教。

加西莫多额上的阴云，变得更加沉重。那抹曾经浮现的微笑，如今仍留在他的嘴角，但却苦涩、颓然，满含深深的悲哀。

时间流逝。他已被绑在这里至少一个半小时，遍体鳞伤，饱受嘲弄，几乎被乱石砸死。

突然，他再次剧烈挣扎。这一回，那绝望的力量让整个刑架都摇晃起来，吱吱作响。他终于打破了那沉默的坚忍，爆发出一声野兽般的嘶吼，声音低哑、愤怒、痛苦，甚至不像是人的声音，而更像一只被鞭打的猎犬在怒吼——"水！"

呐喊盖过了所有喧嚣，但并没有换来哪怕一丝怜悯。相反，巴黎的看客们只觉得更好笑了。这群围观刑台的民众，就像我们之前见过的乞丐，是社会最底层的另一种野蛮群体。愚昧、残忍、麻木，只会在苦难上加倍嬉笑。无人伸出援手。回应加西莫多的，只有更多刻薄的嘲讽。此刻，他确实比可怜更显得可憎：满脸通红，血污斑斑，独眼中充斥着疯狂，嘴唇因痛苦而泛白，挂着唾沫的泡沫，舌头微伸且颤抖，看起来像一头怪物。但即便在这群冷漠的看客中，或许仍有某个良善的市民，某个心地柔软的妇人，在那一瞬，曾犹豫着想要递上一杯水。然而，没有人敢这么做。因为刑台，是耻辱的象征。它的每一级台阶，都沾染着耻辱的气息，让人不愿靠近，甚至不愿正视。哪怕是最善良的撒玛利亚人[1]，也望而却步。

过了几分钟。加西莫多绝望地扫视着这片人海。然后，他用比刚才更加悲惨的声音，再次哀求道："水！"

人们哄然大笑。

"喝这个吧！"罗宾·普斯潘大叫着，抓起一块在阴沟里泡过的海绵，朝加西莫多的脸上砸

1　《路加福音》第10章中，耶稣讲述了"好撒玛利亚人"的比喻，比喻中一个撒玛利亚人看到被强盗打伤的犹太人后，动了慈心，主动上前照顾他，甚至为他支付费用。——译者注

去，"拿去，聋子！我可是欠你的呢！"

"尝尝这石头吧！"一个女人抓起一块石子，狠狠砸向他的额头，"这回你该学乖了！以后别再用你那鬼叫般的钟声把我们半夜吵醒！"

"好啊，我的儿！"一个瘸腿老汉挥舞着拐杖，吃力地向他敲去，"你以后还敢不敢站在圣母院的塔上，朝我们施妖法？"

"来，这是你的碗！"另一个男人朝他砸来一个破裂的陶罐，狠狠撞在他胸口，"都怪你！就因为你从我家门前经过，我老婆生下个两头怪胎！"

"还有我的猫！都怪你！"一个老太婆尖声叫着，手里抛出一片碎瓦，"你害得它生出六条腿！"

"水！"加西莫多第三次喘息着，微弱地哀求道。

就在这时，人群忽然骚动起来。他们纷纷让出一条路，只见一个装扮奇特的少女走出人群。

她身旁跟着一只白色的小山羊，羊角上镀着金色，她手里拿着一面小巧的手鼓。

加西莫多的独眼骤然燃起光芒。是她！那个吉卜赛少女！他昨夜试图掳走的女孩！他猛地绷紧全身，心里充满羞辱与愤怒。她也是来报复的吗？她也要像所有人一样，对我吐口水、砸石头？

他眼睁睁地看着她轻盈地走上刑架的木梯。愤怒与痛楚快要撕裂胸膛，他恨不能让这整个刑台轰然倒塌，恨不能用自己的目光将她化为灰烬。

然而，少女没有说话。她只是静静走近，伸手解下腰间的皮囊，轻轻地，将它凑到加西莫多干裂的嘴唇前。

就在那一刻，在加西莫多那干燥炽热的独眼里，一滴泪，缓缓滚落。这是他一生中，流出的第一滴眼泪。

但他却忘了喝水。少女微微皱起眉，有些不耐烦地噘起嘴，然后笑了笑，轻轻把水囊口再次贴到他的唇边。

他终于喝了，大口吞咽。水流入他炽热的喉咙，像甘露浸润枯焦的大地。

　　他喝完后，缓缓抬起嘴唇，微微前倾，似乎想要亲吻少女那只给予他恩惠的美丽手掌。但少女猛然收回手。动作就像被野兽惊吓的孩子，生怕他会咬她一口。

　　加西莫多怔住了。他缓缓抬头，目光里带着深深的哀伤与责备，却什么都没说。

　　这是一幅世上最动人的景象。一个年轻美丽的少女，纯洁、柔弱，却勇敢地伸手去拯救一个被世界遗弃、丑陋可怖的怪物。在任何地方，这都会是感人至深的画面。但在刑台上，它是震撼人心的神迹。整个广场，忽然爆发出雷鸣般的掌声。人们纷纷鼓掌呐喊："天佑她！天佑她！"

　　然而，就在此刻。广场一角，隐修女透过地穴窗缝望见站在刑台之上的少女，立刻狰狞地诅咒道："该死的埃及贱种！去死吧！去死吧！"

就英法联军远征中国
致巴特勒上尉的信

海维尔别墅，1861 年 11 月 25 日

先生，您来信征求我对远征中国一事的看法。您认为这次远征伟大而光荣，并且客气地认为我的意见具有参考价值；在您看来，这场由维多利亚女王与拿破仑皇帝联合发起的中国远征，是英法共享的荣耀，而您希望了解我对此次英法联军胜利所能给予的认同。

既然您想知道我的看法，那我就直言不讳。

在世界的角落，曾有一个世界奇迹。这奇迹名叫圆明园。两大源泉为艺术奠基，即生发出欧洲艺术的理性与孕育出东方艺术的想象。圆明园之于

东方艺术，正如帕提侬神庙之于欧洲艺术。一个几近非人类的民族之想象所能孕育的一切，在那里皆有体现。那并非如帕提侬一般的稀世孤品，而是某种奇幻之原型的巨大模型——如果说奇幻也有模型的话。

试想某种无可言状的建筑，皎如月宫，那便是圆明园。用大理石、玉石、青铜、陶瓷筑梦；以雪松木构架；以宝石为饰；以丝绸作帷；此处是圣所，彼处是后宫，彼处又是堡垒；置以神祇与异兽；以漆饰、瓷釉、金箔、彩妆为装点；请来如诗人般的建筑师建造《一千零一夜》的千百个梦境；再添园林、水池与喷泉，天鹅、朱鹭和孔雀。

简而言之，假想一个人类幻想之城，披着神庙与宫殿的外形，那就是这座奇迹。它的建造耗费了两代人的心血。这座宛如一座城市般庞大的建筑，是岁月铸造的杰作。为谁而建？为人民。因为凡由时间铸就者，皆归人类所共有。

艺术家、诗人、哲人皆知晓圆明园；伏尔泰亦有提及。人们常说：希腊有帕提侬神庙，埃及有金字塔，罗马有斗兽场，巴黎有圣母院，东方则有圆明园。即便未曾目睹，人们也在梦中将它勾画。那是一种隐约遥望的令人敬畏的未知杰作，仿佛亚洲文明在欧洲文明地平线上投下的一个朦胧幻影。

如今，这奇迹已不复存在。

有一天，两名强盗闯入了圆明园，一人洗劫，一人放火。原来胜利就是进行一场掠夺，是两个胜利者之间对半分赃的勾当。这一切所作所为，均出自额尔金之名。当年帕提侬神庙遭受怎样的洗劫，圆明园也遭遇了同样的命运，甚至更彻底，更"圆满"，一扫而光，不留一物。

把我们所有大教堂的珍宝加在一起，也无法与这座东方的壮丽博物馆相比拟。这里不仅有艺术杰作，更有堆积如山的金银珠宝。伟大的功绩，美妙的"收获"。一个胜者装满了衣袋，另一个则装满了宝箱。然后两人挽臂同行，笑声盈盈，凯旋欧洲。这便是两名强盗的故事。

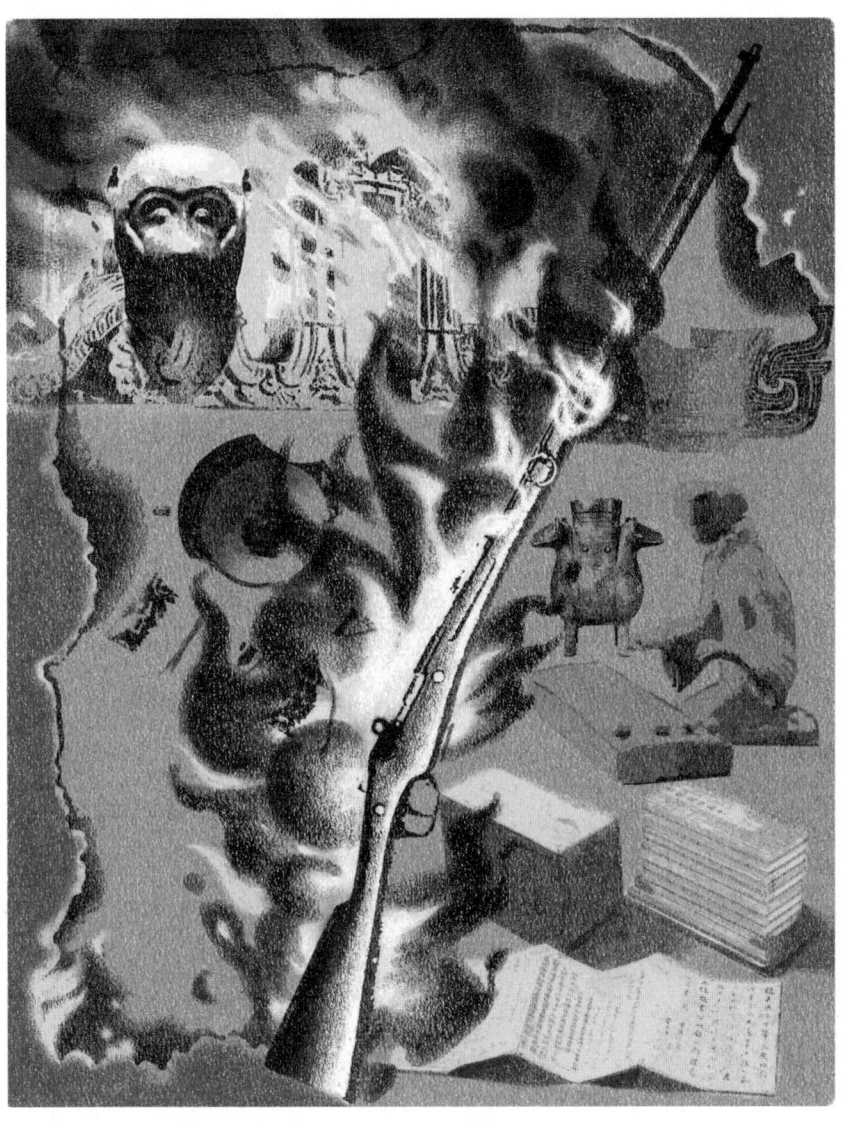

我们这些欧洲人，自诩为文明人；而在我们眼中，中国人则是野蛮人。而"文明"却是这样对待"野蛮"的。

在未来交付历史审判之时，人们会知晓，一个强盗叫法兰西，另一个叫英吉利。

但我在此抗议，并感谢您给我提供这个机会表达立场：那些统治者的罪行，并不等于被统治者的罪责；政府有时是强盗，人民永远不是。

法兰西帝国得到了这场胜利的一半战利品，如今像个无辜的主人般，天真地向世人展示从圆明园掠夺而来的绚丽珍宝。

我希望，总有一天，一个自由而清洁的法国，会将这批战利品，归还给被掠夺的中国。

在那一天来临之前，我暂且就这样证明：这次抢劫就是这两个掠夺者所为。

先生，这就是我对远征中国所能给予的全部"认同"。

莱茵河

您知道，我常对您提及我热爱江河。江河不仅运载货物，也承载思想。自然造物皆有其壮丽的使命。江河，宛如巨大的号角，向大海歌颂大地的美丽、田野的丰饶、城市的辉煌、人类的荣耀。

我也曾对您说，在所有的江河之中，我偏爱莱茵河。初见莱茵河，是在一年前，在凯尔渡过浮桥之时。黄昏渐沉，车轮缓行。那一刻，面对这条古老的江河，一种敬畏之感生发而出。我早已渴望一睹它的风采。当我与这些伟大的自然造物"交感"时，心中总会涌起难言的激荡。世界万物在我眼中，即便最迥然不同的景象，也常透出某种奇异的和谐与共鸣。朋友，您还记得罗讷河与瓦尔塞里讷河交汇的那一幕吗？1825年的瑞士之旅，我们曾一同见证，那是我人生中最明亮的回忆之一。那时，我们正值弱冠之年！曾忆否？罗讷河奔涌入谷时，猛兽般的狂怒咆哮？我们脚下的木桥，在它的怒涛之上震颤。自那时起，罗讷河在我心中如同猛虎。而莱茵河，则使我想到雄狮。

当晚，当我第一次见到莱茵河时，这份印象更加鲜明。我良久凝望着这条桀骜而高贵的河流。狂野，却不暴烈；粗犷，却不失庄严。它正值水势浩荡，壮美非凡。正如布瓦洛所言：江流拍打着浮桥上的船只，犹如雄狮擦拭鬃毛、抖擞须髯。两岸沉没在暮色之中。江流滚滚，涛声低沉而深远，如一头威严的狮子，在静静咆哮。我从中感受到了一丝大海的气息。

是的，朋友，莱茵河是一条尊贵的河流。它既封建，又共和，如帝国般壮丽，堪称法兰西与

德意志的共同血脉。在这条江河之中，我们可以从两方面窥探整个欧洲的历史：江涛激荡，如法兰西的热血；江声低吟，如德意志的沉思。

莱茵河包容万象。迅疾如罗讷，辽阔如卢瓦尔，深嵌如默兹，蜿蜒如塞纳，清澈碧绿如索姆，历史悠久如台伯，王者之姿如多瑙，神秘莫测如尼罗，闪耀金光如美洲的河流，满载传说与幽魂如亚洲的大江。

在历史被书写之前，乃至人类尚未诞生之际，当今莱茵河奔流之地，曾燃烧着两道火焰交织的火山链。烈焰熄灭后，只留下一片片凝固的熔岩与玄武岩，并行排列，如两道漫长的石墙，横亘于大地之上。彼时，伟大的造物主正在完成最后的勾勒。原始山脉的巨大晶体在深处凝结，次生山脉的沉积层在表面干涸，而那个今日我们称之为阿尔卑斯的惊世巍峨，仍在缓缓冷却，等待积雪堆积。随后，这冰雪汇聚成两股磅礴的奔流，奔向大地：一股自北坡倾泻而下，穿越平原，沿

着火山留下的双重裂谷直奔大海；另一股自西坡
奔腾而下，从山峰跌落至山峰，沿着另一条死寂
的火山链——今日我们称之为阿尔代什的地方，
最终汇入地中海。第一条就是莱茵河；第二条则
是罗讷河。

　　史书记载，第一批莱茵河畔的居民，是那
个自称"凯尔特人"的半野蛮的庞大族群，罗马
人称他们为"高卢人"。正如恺撒所言："他们
自己的语言是凯尔特语，而我们则称他们为高卢
人。"[1]斗转星移，罗马帝国的旗帜在莱茵河畔
高高扬起。恺撒大帝渡过莱茵河；德鲁苏斯筑起
五十座堡垒；执政官穆纳提乌斯·普兰库斯在汝
拉山北坡奠下第一座城市；玛尔库斯·维普萨尼
乌斯·阿格里帕，在美因河入江处修建要塞，又
在杜伊茨河对岸建立殖民地；在尼禄统治下，元

1　原文为"Ipsorum lingua Celtæ, nostra vero Galli vocantur."。

老安东尼于巴塔维亚海岸创建市镇；至此，莱茵河彻底纳入罗马之手。自橄榄山下撤回的罗马第二十二军团，曾在耶路撒冷围攻中见证圣殿的最后一块石墙崩塌。提图斯命令他们，前往莱茵河防线驻守。军团继承了阿格里帕的事业，他们需要一座城市连接梅利博库斯山与陶努斯山，于是，摩根提阿库姆（今美因茨）应运而生了。图拉真将其扩建，哈德良将其装点。

命运展现了它的奇妙安排。这支第二十二军团带来了克雷森提乌斯，后成为莱茵高最早的基督信使，并在那里播撒下信仰的种子。上帝旨意深远：那些曾掀翻约旦河畔圣殿砖瓦的士兵，如今在莱茵河边，奠下新世界的第一块基石。

图拉真之后，朱利安在莱茵河与摩泽尔河交汇处，筑起一座堡垒。朱利安之后，瓦伦提尼安在两座死火山之上（即今日的劳恩山与斯特罗姆山）修建城堡，稳固边防。就这样，在短短数个世纪内，这道坚固的罗马殖民长链，宛如一道铁锁，紧紧锁住莱茵河。从康努·罗马诺鲁姆（今博登湖畔）启程，沿着莱茵一路蜿蜒，经过奥古斯塔（今巴塞尔）、阿根廷（今斯特拉斯堡）、摩贡提亚库姆（今美因茨）、孔弗卢恩蒂亚（今科布伦茨）、科洛尼亚·阿格里皮纳（今科隆），直至大海之滨，在特拉耶克图姆－阿德－莫萨姆（今马斯特里赫特）与特拉耶克图姆－阿德－莱纳姆（今乌得勒支）交汇，融入罗马世界的版图。

自此，莱茵河归于罗马。它不再只是单纯的流水，而是成为罗马的一部分，浇灌着后赫尔维西亚行省、第一与第二日耳曼行省、第一比利时行省，以及巴塔维亚行省的土地。昔日北方的"长发高卢人"，曾吸引来自米兰的"身披长袍的高卢人"，以及里昂的"着马裤的高卢人"前来观赏，如今，他们终于被驯服。左岸的罗马城堡，威慑着右岸的世界，而驻守高地的罗马军团士兵，身披特里尔毛呢制成的战衣，手握通厄伦打造的长戟，居高临下地注视着那些偶然冒险越境的日耳曼战车。

这种可怖的战车，宛如一座移动碉堡，轮缘镶嵌着弯刀，车辕竖立着长矛，由一对犍牛拖拽，车身可容纳十名弓箭手，偶尔竟敢跨过莱茵，驶向德鲁苏斯堡垒的弩炮下，挑战罗马的铁壁。

然而，命运的齿轮不可逆转。北方人南侵的浪潮，如同某种气候周期一般，在历史的生命长河中反复出现，史称"蛮族入侵"。罗马的命运已至转折之刻，这股洪流扑向帝国，击垮了莱茵防线上的花岗岩壁垒，摧毁了军事堡垒。公元六世纪，莱茵河两岸的山脊上，遍布罗马的残垣断壁，如同今日随处可见的中世纪封建城堡遗址。

查理大帝在废墟上重筑堡垒，以抵御那些已更名换姓的古老日耳曼部族——波西米人、阿博德里特人、维勒巴特人、萨拉比人。他在美因茨建造了一座石桥，传言至今仍可在河底见到桥墩的残骸。在波恩，他重修了罗马人遗留的古渡槽。在维多利亚（今新维德）、巴基亚拉（今巴哈拉

赫）、维尼切拉（今文克尔）、特罗努斯－巴基
（今特拉尔巴赫），他修复了古罗马道路。在尼
德英格尔海姆，他利用朱利安浴场的残骸，为自
己建造了一座宫殿——萨尔宫。然而，尽管查理
大帝拥有非凡的天赋与意志，终究只是在焦木上
添绿。古罗马已死。莱茵河的面貌，已然改变。

　　然而，罗马统治时期的一种微妙"种子"，
早已在莱茵河悄然扎根。基督教，这只展翅的神
鹰，已在这片岩石间产卵，蛋中孕育着一个新世
界。早在公元 70 年，克雷森提乌斯便已踏入陶努
斯山，在那里播撒福音。圣阿波利奈尔曾传教于
里戈马古姆，圣戈阿尔在巴基亚拉布道，圣马丁
（图尔主教）在孔弗卢恩蒂亚宣讲，圣马泰恩在
前往通厄伦之前，曾定居科隆，圣欧哈里乌斯在
特里尔森林建起隐修所。在这片森林中，圣格泽
林立于石柱之上，与戴安娜女神的雕像进行精神
斗争长达三年，最终仅凭注视，便使这座异教石
像轰然倒塌。在特里尔，许多无名的基督徒，曾

在高卢总督宫殿的庭院内，以殉道者的死献身信仰，他们的骨灰随风飘散。

这些灰烬化作种子埋入沟壑，在蛮族横扫大地的岁月里，始终未曾萌芽。

相反，一场崩塌出现了。文明似乎跌入深渊，传统的清晰脉络断裂，历史仿佛被抹去，在这片阴沉的时代中，人们与事件穿行于莱茵河上，犹如幽灵，仅在水面投下短暂的奇幻倒影，转瞬即逝。

于是，继历史时代之后，莱茵河迎来了一段奇幻时代。

如大自然一般，人类的想象力无法容忍空白。当人声沉寂，大自然便让鸟巢低语，树影呢喃，万千孤寂之音交错成歌。当历史的确凿性消逝，想象力便赋予影子生命，让梦境与幻象成为现实。在崩塌的历史断层中，神话与传说如藤蔓蔓延，生长、交织、繁茂，正如废墟裂隙间的山楂与龙胆花，静静盛开。

文明如太阳，有白昼与黑夜，有辉煌与蚀落。它或许会隐去，但终将重现。

当新生文明的曙光开始在陶努斯山脉升起时，莱茵河两岸便响起了动人的传奇与寓言。在这远方微光照亮的地方，无数超自然的美丽身影倏然闪耀，而在那些尚未被光明触及的角落，狰狞诡异的鬼怪逐一浮现。彼时，罗马废墟旁，玄武岩新砌的萨克森与哥特城堡拔地而起（如今同样沦为断壁残垣）。与此同时，一整个奇幻世界的生灵降临莱茵，与俊美骑士和绝世少女相伴而生：群山归属俄瑞阿德，河水归属水妖，地底归属地精，还有岩石精灵、夜半敲击者、骑着十六叉雄鹿穿越密林的黑色猎人、黑色沼泽的少女、红色沼泽的六位仙姝、十手之神沃丹、十二位黑衣人、出谜语的椋鸟、吟唱歌谣的乌鸦、诉说祖母往事的喜鹊、蔡特尔沼泽的猴妖、为迷途猎人指点方向的长须埃弗拉尔、在洞穴中屠龙的有角齐格弗里德。魔鬼在特费尔斯坦安置了它的魔石，在特

费尔斯莱特尔竖起了魔梯，甚至胆敢在黑森林旁的根斯巴赫公开布道。然而幸运的是，上帝在河对岸竖立起"天使讲坛"，与"魔鬼讲坛"相对。

巨大而熄灭的火山口七山，群聚着怪物、九头蛇和幽灵，而在山脉的另一端，莱茵的入口处，威斯珀河的凛冽寒风吹拂到宾根，携来一群微如蚱蜢的老仙女。神话在这些幽谷间与圣徒传说交织，生出了奇异的结晶。这些，是人类想象力孕育出的奇妙花朵。

不同名字的巨龙岩，有塔拉斯克和圣玛尔大；回声女神与许拉斯的双重神话，在卢雷岩那可怖的峭壁间生根；蛇身少女在奥古斯特的地下洞穴中爬行；恶主教哈托被变成老鼠的臣民吞噬于塔中；美丽的勋贝格七姐妹因嘲弄之罪化作了山岩；而莱茵河则如同默兹河那样，也拥有属于自己的仙女。

魔王乌里安背负着从莱顿海岸掘起的巨大沙丘，欲将其倾覆于亚琛，然而在精疲力竭又遭

一老妇欺骗后，他将沙丘愚蠢地弃置在帝国之都
的城门外，而这一沙丘，正是今日的卢斯山。在
这段对我们而言仿若笼罩于暮色中的历史时期，
唯有幻光时而闪现，这片森林、山岩与幽谷间尽
是幽灵现形、奇迹遭逢、魔鬼狩猎、鬼魅城堡、
丛林中回荡的竖琴声、隐身歌女的空灵吟唱、神
秘旅人的阴森狂笑。甚至连人类英雄都近乎幻想
的化身：萨恩的库农、洛尔赫的西博、铁剑士、
异教徒格里索、阿尔萨斯公爵阿蒂希、巴伐利亚
公爵塔西洛、法兰克公爵昂提斯、温德人之王萨
莫……在这片迷离恍惚的森林间惊惶游荡，寻觅
并哀悼着他们那些身姿修长、白衣飘然、冠戴着
动人芳名的公主们：格拉、加琳德、丽芭、维利
丝温德、朔内塔。

这些冒险者们，半只脚踏入莫测世界，仅凭
脚后跟勉强与现实相连，他们在传说中穿梭，夜
幕降临时迷失于密林深处，披荆斩棘，如丢勒笔
下的"死神骑士"，沉重的坐骑踏碎荆棘，在饿

瘦的猎犬随行之下，目光从枝丫间对上窥探的幽魂。他们时而遇见篝火旁黝黑的烧炭人，那其实是撒旦，正将亡灵的灵魂投入炼狱之鼎；时而遭遇赤裸的仙女，向他们奉上满载珠宝的匣子；时而碰见须发皆白的矮人，那些矮人往往归还他们失踪的姐妹、女儿或未婚妻——那些少女总是在山间的某处，安睡在苔藓铺成的床上，沉浸在由珊瑚、贝壳和水晶装点的华美亭阁中；时而也会偶遇某位强大的侏儒，那些古老的诗篇曾言："这侏儒承诺的，定能如巨人般兑现。"

在这些幻象般的英雄之中，偶尔也会浮现出一些真实的血肉之躯：冲在最前面的自然是查理曼与罗兰。传说中的查理曼，以不同的年龄形象反复出现——幼年、青年、老年；传说他降生于黑森林深处的一个磨坊主之家。至于罗兰，传言中他不是在龙塞沃被一整支军队围攻至死，而是因爱而亡，倒在莱茵河畔，静静地长眠于农嫩斯韦特修道院前。再往后，奥托皇帝、腓特烈·巴巴罗萨与阿道夫·冯·拿骚在历史中粉墨登场。真实的历史人物与传奇故事中的幻想角色交织，那是被梦幻与遐想层层覆盖之下，依旧顽强延续的真实历史，是模糊渗透进传说中的史实光芒，是那些在神话丛中偶然显露出的古老废墟。

然而，随着时光推移，迷雾渐散，传说退却，黎明降临，文明重塑，历史的轮廓也随之重新浮现。

于是，介于雷恩斯与卡佩伦之间，莱茵河左岸的一条林荫道旁有一块石头。四个来自不同方向的人时常在这块石头前聚集，他们围坐其上，推举并废黜德意志皇帝。这四个人，便是莱茵的四位选帝侯，而那块石头，便是皇座——科尼格施图尔。

他们所选中的地点，位于大致居中的雷恩斯山谷，属于科隆选侯的领地，同时还能眺望西边左岸的卡佩伦（属于特里尔选侯），北边右岸的上兰施泰因（属美因茨选侯），以及布劳巴赫（属普法尔茨选侯）。任何一位选侯，都能在一小时内从自己的领地赶赴雷恩斯。

与此同时，每年圣灵降临节后的第二天，科布伦茨与雷恩斯的市政官员们也会齐聚于此，借着节庆的名义，私下商讨某些隐秘之事。新兴市镇与公民自治在强大帝国体系根基下萌芽，是市民阶层对贵族权势的古老且永恒的反抗，是这座石质封建王座之下公然发酵的反叛。

几乎就在同一地点，在俯瞰小城卡佩伦的选侯城堡——施托尔岑费尔斯堡内，这座如今已化作壮丽废墟的堡垒，曾在1380年至1418年，成为科隆大主教维尔纳的居所。他在此庇护并资助一群炼金术士，这些人虽未能点石成金，却在通向"贤者之石"的旅程中，逐步揭示了许多化学的基本法则。

于是，在时光长河的碎片中，同样在莱茵河畔，同是在一个今日几乎无人问津的地点，正对着拉恩河河口的一片土地，见证了德意志帝国的诞生、民主思想的萌芽与科学精神的崛起。

如今，莱茵河既武德充沛又教义深远。修道院与修会林立，半山腰上的教堂仿佛纽带，将河岸的村庄与山巅的城堡相连。莱茵河每一个转弯处，该景观不断重现，巧妙对照了神职人员在社会结构中应处的位置。如千年前的罗马总督一般，教会成员也在莱茵高地区兴建了大量建筑。特里尔大主教鲍德温修建了奥伯韦瑟尔教堂；科隆大主教亨利·冯·维廷根在摩泽尔河上建起科布伦茨大桥；而于利希大主教瓦尔拉姆则在戈德斯贝格的火山岩顶上，为那些略带魔法色彩的古罗马遗迹竖立了一座雕刻精美的石质十字架，以示圣化。

精神权力与世俗权力，在主教及教皇身上交融，由此诞生了一种灵魂－肉体双重司法体系，不像世俗国家那样因"圣职庇护"而止步不前。圣戈阿尔的教堂牧师让·德·巴尼奇曾用圣餐酒毒死了自己的夫人——卡岑埃伦博根伯爵夫人；

科隆选侯既作为大主教将他逐出教会，又作为世俗统治者判处他火刑。

与此同时，普法尔茨选侯始终对科隆、特里尔、美因茨三位大主教可能的扩张保持警惕，不断抗衡。普法尔茨女伯爵们则会专程前往建于莱茵河中央、位于考布前方的普法尔茨塔分娩，以此象征自身主权的独立。

在选侯们或同时或先后建立起各自势力的过程中，骑士修会也在莱茵河沿岸站稳了脚跟。条顿骑士团在美因茨扎根，其驻地面向陶努斯山脉；而在特里尔附近俯瞰七山之处，罗得骑士团落脚于马丁霍夫。从美因茨出发，条顿骑士团的影响力延伸至科布伦茨，在那里设立了一座指挥部。圣殿骑士团的势力更广泛，除了控制巴塞尔主教辖区内的库尔热内和波朗特吕，他们在莱茵河畔的博帕特和圣戈阿尔，以及介于莱茵河与摩泽尔河之间的特拉巴赫也有据点。特拉巴赫，这片盛产美酒、曾被罗马人誉为"巴克斯神座"的地方，后来成为皮埃尔·弗洛特的领地，教皇博尼法斯称其为"身体独眼，心灵盲目"的法国大臣。

当亲王、大主教和骑士团纷纷奠定自身基业之时，商业也在此地生根发芽，建立起一个个商贸城镇。许多小城镇如雨后春笋般涌现，仿效摩泽尔河畔的科布伦茨或美因河畔的美因茨，立足于汇聚莱茵河水系众多支流的要冲地带。宾根崛起于纳赫河畔，尼德兰施泰因坐落在拉恩河旁，恩格斯对望着塞恩，伊尔利希建在维德河边，林茨坐落在阿尔河对岸，莱因多夫依托于马尔巴赫，而贝尔根则立足于齐格河之滨。

然而，在教会亲王、封建亲王、骑士修会的指挥部以及市镇的行政区之间的间隙地带，时代精神与地理环境共同孕育出了一种奇特的领主阶级。从博登湖到七山，每一座矗立在莱茵河沿岸的山脊上都有一座堡垒和一位"城堡伯"。这些令人生畏的莱茵河男爵，是一种由严酷荒蛮的自然环境所造就的强悍种族，他们栖息在玄武岩与荆棘丛中，龟缩于城堡的塔楼里，被自己的家臣像对待皇帝一般跪拜侍奉。他们是天生的掠夺者，兼具雄鹰的锋芒与猫头鹰的狡黠；他们的势力仅限于自身周边，但在他们的领地内却至高无上。他们掌控峡谷与山谷，招募士兵，封锁道路，征收过路税，劫掠商队，不论这些商人来自圣加仑还是杜塞尔多夫。他们甚至会用铁链封锁莱茵河，一旦附近的城市冒犯了他们，就公然向其下战书。

正是在这样的背景下，奥肯费尔斯的城堡伯向林茨这个大市镇发起挑战，黑高地区的豪斯纳骑士则向帝国自由城市考夫博伊伦下战书。有时，这种奇特的对决让城镇感到恐惧，自知势单力薄，便向皇帝求助。然而，这些城堡伯却对此嗤之以鼻。在当地的守护圣徒节日到来之时，他们甚至会骑着自己磨坊主的驴子，公然前往城里参加比武大会，以示蔑视。

在阿道夫·冯·拿骚与迪迪埃·冯·伊森堡的残酷战争期间，一些驻扎在陶努斯山区的骑士胆大妄为，竟在两位敌对领主争夺美因茨城的同时，趁机洗劫了城外的郊区。对于他们来说，这就是"中立"的方式——他们既不效忠伊森堡，也不支持拿骚，他们只效忠自己。直到马克西米利安一世时代，神圣罗马帝国的名将乔治·冯·弗伦茨贝格摧毁了最后一座城堡霍恩克雷恩，这群令人畏惧的野蛮贵族才彻底灭绝。这一特殊的贵族阶层，始于十世纪的英雄城堡伯，终于十六世纪的强盗城堡伯。

然而，那些无形的、需要漫长岁月才能显现结果的变革，也正在莱茵河上悄然酝酿。与商业一同往来于河上的，还有异端思想、批判精神和自由意志。仿佛人类所有的思想，都注定要沿着这条伟大的河流流传。可以说，十二世纪在安特卫普大教堂前带领三千名武装追随者，犹如国王般游行宣讲反教皇思想的坦克兰，在死后仍未沉寂——他的灵魂沿着莱茵河溯流而上，启发了约翰·胡斯，使他在康斯坦茨的家中孕育了宗教改革的火种；然后，这股精神翻越阿尔卑斯山，顺着罗讷河南下，在阿维尼翁的科芒塔尔地区催生了杜塞。胡斯被烧死，杜塞被车裂，然而路德的时代尚未到来。在上帝的计划中，总有一些人为青涩的果实而生，而另一些人则为成熟的果实而来。

而十六世纪即将到来。莱茵河见证了十四世纪纽伦堡的火炮、十五世纪斯特拉斯堡的印刷术。1400 年，科隆铸造了著名的十四英尺长的库勒佛林大炮；1472 年，温德林·冯·施皮尔印刷了《圣经》。一个崭新的世界即将浮现，而值得深思并铭记的是，"弩炮"与"书籍"，战争与思想，这两种神秘的工具正是在莱茵河畔被发现并被赋予了新的形态。而上帝，正是借助这两样工具，不断塑造着人类的文明。

在欧洲的历史进程中，莱茵河承载着某种天命般的意义。它贯穿南北，将欧洲南北分隔开来。天意使其成为国境之河，城堡与要塞使其成为壁垒之河。三千年来，那些以剑锋犁开古老大陆的伟大战争人物，其身影几乎无一不曾在莱茵河上投下倒影。恺撒自南方渡河而来，阿提拉自北方踏河而下。克洛维在此赢得了托尔比亚克之战。查理曼与拿破仑曾在这里君临天下。腓特烈·巴巴罗萨皇帝（绰号"红胡子"）、哈布斯堡的鲁道夫皇帝，以及普法尔茨选侯腓特烈一世（绰号"胜利者"），皆在此功勋卓著，战无不胜，令人敬畏。古斯塔夫·阿道夫曾立于考布的哨所指挥大军。路易十四曾亲眼见证莱茵河的壮丽。昂甘与孔代曾率军渡河，而不幸的是，蒂雷纳也曾如此。杜鲁苏斯的墓碑立于美因茨，正如马索之墓在科布伦茨，奥什之墓在安德纳赫。对于能洞察历史脉络的思想者而言，两只伟大的雄鹰似乎永远盘旋于莱茵河上空：一只属于罗马军团，另一只属于法兰西军团。

这条高贵的莱茵河，被罗马人称为 Rhenus superbus（骄傲的莱茵），时而承载着密布长

矛、戟矛或刺刀的浮桥，将意大利、西班牙和法
兰西的军队倾泻至德国，或将那些自古以来始终
如一的蛮族洪流反向冲刷回地理上仍然连接的罗
马旧世界；时而又温顺地运送来自穆尔格河与圣
加仑的松木、巴塞尔的斑岩与蛇纹石、宾根的钾
盐、卡尔沙尔的食盐、施特龙贝格的皮革、朗斯
贝格的汞、约翰尼斯贝格与巴哈拉赫的葡萄酒、
考布的板岩、奥伯韦瑟尔的鲑鱼、萨尔齐希的樱
桃、博帕特的木炭、科布伦茨的镀锡器皿、摩泽
尔河的玻璃制品、本多夫的锻铁、安德纳赫的凝
灰岩与磨石、诺伊维德的钢板、安东尼乌斯坦的
矿泉水、瓦伦达的毛织品与陶器、阿尔的红酒、
林茨的铜与铅、柯尼希斯温特的石材、科隆的羊
毛与丝绸。莱茵河按照上帝的旨意，庄严地履行
着其双重使命：既是战争之河，也是和平之河。
沿其大部分河段，两岸的山丘上，一侧生长着橡
树，另一侧则遍布葡萄藤；一边象征北方，一边
象征南方；一边代表力量，一边象征欢乐。

对荷马而言，莱茵河并不存在，它只是那片昏暗的辛梅里安人之地的一条未知之河，那里终年阴雨，不见阳光。对维吉尔而言，它已非未知之河，而是冰冷之河：莱茵的寒气（Frigora Rheni）。对莎士比亚而言，它则是"美丽的莱茵"（Beautiful Rhine）。而直到莱茵河成为欧洲命运的关键议题之前，它之于我们不过是风景名胜，是埃姆斯、巴登、斯帕等地的游人消遣之所。

彼特拉克曾游历过亚琛，但我不认为他曾提及莱茵河。

地理学以其不容抗拒的法则：河流的坡度、流域与分水岭的决定性趋势，赋予法国莱茵河的左岸，世界上任何一个国际会议都无法长久违逆这一法则。而天命曾三次将莱茵河的两岸交予法国：在矮子丕平时代，在查理曼时代，在拿破仑时代。

矮子丕平的帝国横跨莱茵河，囊括了法兰西

本土（不含阿基坦与加斯科涅）、德意志本土，直至巴伐利亚境外。

查理曼帝国的疆域，则比拿破仑帝国辽阔一倍。

确实，值得注意的是，拿破仑坐拥三个帝国，准确地说，他以三种方式成了皇帝：直接统治法国帝国；通过其兄弟间接统治西班牙、意大利、西发里亚和荷兰，这些王国成为他中央帝国的支柱；在道义上，他以至高无上的权威控制着欧洲，使其日渐沦为他那座惊世建筑的基石。

若以这种方式来看，拿破仑帝国至少与查理曼帝国不相上下。

查理曼帝国与拿破仑帝国有着相同的核心区域和扩张模式。查理曼在继承矮子丕平的遗产之上，将萨克森并入版图直至易北河，扩展日耳曼尼亚至萨勒河，延伸斯拉夫尼亚至多瑙河，占领达尔马提亚至卡塔罗河口，并征服意大利至盖塔、西班牙至埃布罗河。

在意大利，他的扩张仅止步于贝内文托公国和拜占庭领土的边界；在西班牙，则止于萨拉森人的疆界。

当这座庞大的帝国在843年第一次解体时，虔诚者路易一世已然逝世，并且先前被收复的西班牙领土，即埃布罗河与略布雷加特河之间的土地，也已重新落入萨拉森人之手。帝国分裂为三个部分：其中一个部分足以支撑一位皇帝，即洛泰尔，他获得了意大利和高卢的一大块三角形领土；另外两个部分则分别成为两个国王的领地——路易继承了日耳曼尼亚，查理则统治了法兰西。

接着，在855年，洛泰尔所掌控的那部分领土再次被瓜分，这块帝国残片仍足以造就一位皇帝，即路易，他掌控意大利；一位国王，即查理，他统治普罗旺斯和勃艮第；以及另一位国王，即洛泰尔，他统治奥斯特拉西亚，这片土地由此被称为洛塔林吉亚，后来演变为洛林。

当第二部分领土，即日耳曼王国（路易·日

耳曼王的领地）发生内部分裂时，其最大的一块残余成了神圣罗马帝国，而较小的碎片则化作无数的伯国、公国、诸侯国及自由市，由边区侯国守护边疆。

最终，当第三部分，即查理二世（秃头查理）统治的国家，在岁月与王权更迭的重压下崩塌时，这最后的瓦砾仍足以孕育出一位法国国王，五位拥有主权的公爵——勃艮第公爵、诺曼底公爵、布列塔尼公爵、阿基坦公爵和加斯科涅公爵，以及三位伯爵级亲王——香槟伯爵、图卢兹伯爵和佛兰德伯爵。

这些皇帝就如同泰坦巨人，一时之间大权在握，但死亡最终迫使他们松开手，一切随之崩塌。

可以说，莱茵河的右岸曾属于拿破仑，就如同曾属于查理曼一样。波拿巴并未像法国王室在与奥地利王室的长期对抗中某些平庸的政治家那样，幻想建立一个"莱茵公国"。他深知，一个非岛屿形态的纵向王国在结构上是不可行的，在第一次猛烈冲击时便会断裂。他明白,一个国家不能只是表面上的简单结构,必须有深层次的秩序才能保持稳定并抵御外敌。因此,除了进行一些调整和兼并之外,拿破仑基本上接受了地理和历史所造就的莱茵邦联,并只是对其进行了系统化。他的意图是让莱茵邦联在北方或南方形成一道屏障,而不是像以往那样成为对抗法国的壁垒。于是,他将其方向扭转,使其成为法国的屏障。他的政治手腕就如同巨人之手,既能以超凡的力量摆布帝国,又能以棋手般的精妙策略排兵布阵。在扶持莱茵地区的诸侯时,他深知自己是在增强法国的实力,同时削弱德意志帝国的力量。这些被晋升为国王的选帝侯、被提升为大公的藩侯和伯爵,虽然在面对奥地利和俄国时愈发强大,但在法国面前却仍然微不足道。对北方皇帝而言他们是国王,而对拿破仑而言,他们不过是总督罢了。

因此,莱茵河在历史上可划分出四个清晰阶

段，每个阶段都有鲜明的特征。第一阶段：史前火山时期，或许早在亚当之前。第二阶段：古代历史时期，日耳曼与罗马的较量，恺撒的光辉照耀其间。第三阶段：辉煌的查理曼时代。第四阶段：近代历史时期，德国与法国的较量，而拿破仑主导了这个时代。无论史家如何努力避免单调重复这些伟大人物的名字，但当我们回顾整个欧洲历史时，恺撒、查理曼和拿破仑始终是不可忽视的三座巨大里程碑，甚至可以说是跨越千年的丰碑。

最后，让我们做一个总结性的观察。莱茵河，这条上承天命、意义深远的河流，从它的坡度、流向以及流域来看，几乎可以被视为文明的象征。莱茵河曾极大地促进了人类文明的发展，未来也将继续发挥其作用。从康斯坦茨到鹿特丹，它的流向仿佛象征着人类历史的进程：从鹰的国度流向鲱鱼之城，从教皇、宗教会议与皇帝的中心流向商人和市民的贸易市场，从阿尔卑斯流向大洋。

就像人类思想的演变：从崇高、坚定、遥不可及、光辉灿烂的理念，走向广阔、变幻无常、风暴频仍、幽暗而实用的理念；从神权政治走向民主政治，从一个伟大的时代迈向另一个伟大的时代。

斯特拉斯堡

斯特拉斯堡，8 月。

亲爱的朋友，我终于抵达了斯特拉斯堡。开窗即可俯瞰军械广场[1]，右侧树木丛生，左侧是钟声回荡的大教堂。正对我的广场尽头有一座十六世纪的建筑，尽管粉刷成了黄色，且安装了绿色百叶窗，仍然十分美丽。建筑后方是一座古老教堂的高大屋脊，那里如今是市图书馆。广场中央有一间简陋的小木屋，据说未来这里会立起一座克勒贝尔纪念碑。一圈古老的屋顶环绕广场，颇

1　今克勒贝尔广场。——译者注

具风情。离我窗户几步远的地方，有一盏悬挂式街灯，下面围着几个圆润的金发德国小孩，嘟嘟囔囔地在聊天。偶尔，一辆优雅的英式邮车、四轮马车或敞篷马车停在我居住的红屋旅馆门前。驾车的是来自巴登的驿夫。他身穿鲜黄色的短外套，头戴黑色亮面帽，帽檐缀着一圈宽银边，斜挎着一只小号，号上系着一大束红色流苏，垂在背后，十分讨喜。而我们的法国驿夫呢？那可真是丑陋不堪！隆瑞莫的驿车夫[1]只停留在舞台上，现实中的法国驿夫，身着污秽的旧罩衫，外加一顶可怕的棉布帽。现在，巴登驿夫、邮车、德国顽童、古老房屋、树木、棚屋和钟楼，若是在这个基础上再加上一片蓝天白云，你就能想象出眼

---

1 *Le Postillon de Lonjumeau*是法国作曲家阿道夫·亚当于1836年创作的三幕喜歌剧，讲述驿车夫夏佩卢因歌声被贵族赏识成为巴黎歌剧院明星，多年后与妻子玛德琳通过一场"假婚礼"考验重归于好的故事，剧中以高难度男高音咏叹调《朋友们，欢呼吧！》闻名。——译者注

前的画面了。

旅途中我并未经历多少奇遇，只是在邮车上熬了两宿，人类机体真是坚韧！夜乘邮车痛苦极了！出发时一切都还好，驿夫挥鞭作响，马铃清脆悦耳，车行于异地，心境奇妙又惬意，车轮的律动令人心生愉悦，黄昏的余晖则增添了几分忧郁。夜色渐深，同行者的话语逐渐稀疏，眼皮开始沉重。邮车点亮了灯，马匹又换了一轮，车子如风般再次驶出。夜幕降临，旅客酣眠。偏偏就在这时，路况开始变得糟糕，坑坑洼洼，邮车宛如陷入了疯狂的舞蹈。这哪里还是一条道路？分明是一条山脉的脊梁，间或点缀着湖泊和峰峦，或许对蚂蚁而言，倒是一幅壮丽的风景画！

这时，两股相反的力量像两只巨掌般抓住了车厢，并狂暴地摇晃它，前后颠簸、左右晃荡，如同航海上的"纵摇"与"横摇"。这样的巧妙组合，使得每一次颠簸都在车轴上产生加倍的冲击，并在车厢内部放大到三次方。一颗拳头大小

的石子，就足以让你的头在同一个地方连续磕八下，仿佛有什么无形之手正要把钉子砸进你的脑袋。真棒！从这一刻起，你已不再是乘客，而被卷入了旋风之中。由孔特先生精心设计的舒适邮车，竟变成了一辆骇人的破旧马车；而那令人心安的扶手椅，变成了最恶劣的弹簧座椅。你在车厢里弹跳、震颤、反弹、撞上邻座……这一切都发生在梦中。是的，这才是最奇妙之处，你仍在沉睡。梦境在一边拽着你，而这疯狂的车厢在另一边折磨你。于是，你坠入了前所未有的噩梦之中……

颠簸之梦，无可比拟。这种睡眠既清醒又沉醉，既置身现实又沉溺幻象，宛如一种两栖梦境。偶然间，你微微睁开眼帘，世界仿佛都扭曲变形，尤其是在前几晚那样的雨夜。天色漆黑，或者更准确地说，根本看不见天空，仿佛自身正狂奔穿越一个无底深渊。车灯投射出惨淡的光，将马匹的臀部映照得如怪物一般。倏尔，一丛丛橡树浮现于光影之中又迅速消失。雨水狂乱地拍打水洼，水花四溅仿佛油锅里炸开的滚沸泡沫。路旁的灌木丛蜷缩着，阴沉而敌意十足，乱石堆则宛如横陈的尸骸。目光迷离间，田野的树木成了狰狞的巨人，缓缓向道路边缘逼近。老旧的墙壁化作一张巨大的、缺齿的瘦削嘴巴。

　　忽然，一个幽灵伸开双臂掠过车前。"通往库洛米耶至塞藏的公路"，白日里的寻常路标，在夜色中化身邪恶的幽灵，向旅人投下诅咒。而且，脑中不知为何有无数条游蛇蠕动。路旁的荆棘在堤岸上唑唑作响，恍若毒蛇在窃窃私语；驿夫的鞭子变成了一条在风中翻腾的巨蜂，紧随车厢之后，试图透过车窗咬噬你。远处的山丘在迷雾中起伏蜿蜒，宛如一条正在消化猎物的巨蟒，在沉睡的放大镜下，竟幻化成一个盘踞天际的庞大恶龙。风声低沉，犹如疲惫的独眼巨人喘息，使人梦见某个在黑暗中艰难劳作的可怖工匠。暴风雨的夜晚，总能赋予万物一种骇人的灵性。

穿越城镇时，一切也随之狂舞，街道陡然起伏，房屋东倒西歪地倾压向车厢，透过燃着烛光的窗户朝里窥视，可以发现仍有灯火点亮的住家。

凌晨五点，浑身仿佛被碾碎；太阳升起，一切苦楚瞬间忘却。

这便是邮车夜旅。而我要告诉你，这还是新式邮车。白天行驶在好路上时，它们堪称极佳的交通工具，可惜，在法国，这种"好路"实在是太罕见了。

亲爱的朋友，可想而知，这样的赶路方式，我着实难以描述途经的风景。我路过塞赞纳，印象所余无非是：一条残破的长街，低矮的房屋，一座带喷泉的广场，一家门扉敞开的铺子，店主在烛光下刨削木板。途经法尔斯堡，留在脑海中的，则是锁链的碰撞声、吊桥的嘎吱声、士兵们在灯光下探头张望，以及车子驶入的那一道黑黢黢的要塞大门。

白日里，从维特里（马恩河畔）到南锡，也

未见到什么引人入胜之景。毕竟，邮车之旅并不便于观光。

马恩河畔维特里是一座洛可可风格的军事要塞。圣迪济耶则是一条宽阔悠长的街道，零星点缀着几座路易十五风格的精美石砌宅邸。巴勒迪克倒是颇为秀丽，一条美丽的河流穿城而过。我猜它是奥尔内河，但却不敢断言。自从我曾因将维莱讷河误认作库阿农河，自布列塔尼以来，我便不再轻易对河流的身份妄下定论。水中仙子们的脾气可是不小，我可不想与那些绿发飘飘的河仙纠缠不清。所以，就当我什么都没说吧。

顺便一提，我这一路上一直与一位乡间公证人相伴同行。他在南方某个小镇上营业，如今正前往巴登度假，他说"大家都去巴登"。显然，我们之间不可能有任何有趣的谈话。这位可敬的法律文书散发着浓厚的公证书气息，正如圈养的兔子身上带着卷心菜味道一样。

然而，旅行总让人健谈。我百般尝试与他攀

谈，想看看能否从他身上挖出点儿有趣的内容，就像狄德罗所说的，看看他是否"可口"。可无论从哪个角度下嘴，我尝到的全是鸡肋。世上这种人实在不少。就像那些执拗的孩子，咬开一个假糖果，一心期待想要尝到甜味，结果只咬到一嘴石膏。

一座巨大的葡萄园山丘俯瞰着巴勒迪克城。8月，山坡苍翠欲滴，与蓝天交相辉映。正午的阳光暖暖地笼罩着这一片青绿。

巴勒迪克附近颇有品位的人家，往往会建造一座小巧的石砌门廊，方形顶棚，由台阶通往正门，风格极为雅致。你知道，我一向欣赏地方建筑的独特，我已经重复不下一百次了。只要这种建筑风格是因地制宜、应时而生的，而非建筑师矫揉造作的。事实上，气候往往能在建筑中留下烙印。屋顶尖锐，说明潮湿多雨；屋顶平缓，说明阳光炽烈；屋顶压满石块，则表明此地多风。

除此之外，巴勒迪克给我留下的印象不多。

只记得邮车的押运员在那里订购了四百罐果酱，作为一年份的货源。我离开城镇时，恰好看见一匹年老跛脚的马缓缓踱入城里，八成是被送去屠宰场了。你是否还记得我们那位可爱的 D 小姐童年时的那匹木马？它曾长久地被遗忘在皇家广场的阳台角落，任凭风吹雨打，纸糊的鼻子早已变成灰色，耳朵和尾巴不知何时丢失，只剩下三个小轮子。那匹巴勒迪克的老马让我忆起了它。

从维特里到圣迪济耶，沿途风景平平，皆是连绵起伏的麦田山丘。这个季节，收割完毕的光秃田野，呈现出一种淡淡的褐黄色，看上去颇为凄凉。田间再无耕作的农夫，收割的农人，或是赤足低头、怀抱几束稻穗缓缓前行的拾穗女。大地一片沉寂。偶尔，远处的山坡上，一个猎人和他的猎犬静静地伫立着，在晨曦中投下清晰的剪影。

村庄也隐匿不见，它们深藏在丘陵之间的幽静谷地里，谷底往往流淌着一条小溪。偶尔，视野尽头会露出一座钟楼的一角，仿佛在悄悄提醒旅人：那里有人家，那里有生活。

有一次，一座钟楼的剪影在地平线上呈现出奇特的景象。那座山丘覆盖着翠绿的草坪，而在山丘之上，唯一可见的是教堂塔楼锡质的屋顶，恰似落在山顶。形状颇具佛兰德风格——在佛兰德的乡村教堂里，钟楼往往呈现出钟形。试想，一块巨大的绿色地毯上，仿佛遗落了一顶高康大的帽子。

过了圣迪济耶，路途逐渐怡人。茂密的树木如秀发般四处铺展，山谷愈发深邃，丘陵的线条也变得峻峭，有时甚至会让人错以为是连绵的群山。出现这种错觉的原因之一是当地土地贫瘠。尽管景色优美，许多山顶却光秃秃的，仿佛大地的精力不足以将养分输送至此。贫瘠在视觉上增强了山丘的高度，虽是错觉，但终究让它们显得更为雄伟。

林尼是一座秀丽的小城。三四座丘陵在此交

汇，形成了一片星形山谷，而林尼的房屋则仿佛自山坡滑落般堆叠在谷底。这景象令人赏心悦目。此外，城中有一条清澈的小河，还有两座美丽的废弃高塔。山丘的坡度强迫邮车放慢速度，因此我得以下车，与马车并行，细细观赏这座城镇。

至于图勒大教堂，我对它心存疑虑。我怀疑它是否与奥尔良大教堂有几分相似，奥尔良大教堂十分可恶，从远处看雄伟壮丽，近看却大失所望。不过，尽管我未曾近距离观察，图勒大教堂似乎稍好一些。

图勒城坐落在山谷之中，邮车疾驰驶入。夕阳西下，余晖以极其优美的角度洒落在大教堂正面，使整座建筑呈现出一种奇特的古朴感，既厚重又庄严，美不胜收。然而，靠近后我察觉到这座教堂的年久失修似乎多于岁月沉淀。还有我不喜欢的八角形塔楼；顶部的栏杆造型，竟与奥尔良教堂的塔楼相似，让我更是不快。然而，我并未全然否定图勒大教堂。从后方望去，其后殿仍颇具美感。当邮车驶过图勒的桥梁时，我的旅伴忽然问我："洛林家族和美第奇家族是同一个家族吗？[1]"

如同图勒，南锡也坐落在一座山谷之中。但这是一片宽阔、富饶的山谷，风光绮丽。然而，南锡本身并无太多出众之处。大教堂的钟楼造型类似洛可可风格的胡椒罐，略显浮夸。不过，我最终还是对南锡产生了一些好感：一是南锡拯救了饥肠辘辘的我；二是斯坦尼斯拉斯广场实在精美绝伦。

1　洛林家族：法国历史上著名的贵族家族，起源于中世纪的洛林地区，曾出过多位法国贵族和宗教界显赫人物，对法国的政治、军事和文化发展产生过深远影响，其家族成员还通过联姻等方式在欧洲多国的王室和贵族阶层中拥有广泛联系。
美第奇家族：意大利佛罗伦萨的著名家族，起源于十三世纪，以银行业起家，后成为佛罗伦萨的统治家族，对文艺复兴时期的艺术、文化发展贡献巨大，资助了众多艺术家如达·芬奇、米开朗琪罗等，其家族成员还担任过教皇等重要职务，对欧洲历史产生了深远影响。——译者注

　　这座广场堪称最美丽、最华丽、最完整的洛可可广场之一，犹如一出精心布置的舞台剧。各式各样的元素和谐地融合在一起，相互烘托：假山喷泉、修剪整齐的树丛、厚重镀金的精美铁艺栏杆、斯坦尼斯拉斯国王的雕像、一座风格华丽而别具趣味的凯旋门，以及庄重而优雅的建筑群，以巧妙的角度围绕广场布局。尖石铺成的广场地面，像一幅精致的马赛克图案。斯坦尼斯拉斯广场如同一位侯爵夫人。

　　未能从容细致地欣赏这座路易十五风格的城市，我深感遗憾。十八世纪的建筑，当其华丽至极时，竟能弥补自身的俗艳。其浮夸的想象力在建筑顶端繁茂生长，仿佛是疯长的花丛，纵然乍看起来不适，最终却令人沉醉。

　　温暖的气候使得洛可可式的"石头植被"尤为壮观。比如里斯本，同样是一座洛可可风格的城市。在那里，石雕如同植物一般，阳光仿佛赋予了花岗岩生机，枝蔓交错，遍布着奇异的阿拉伯式卷曲装饰，向天空蓬勃伸展。无论是修道院、宫殿还是教堂，装饰都毫无节制地迸发出来，似乎不需要任何理由。没有一座里斯本的山墙线条能保持平静。

在南锡大教堂旁行走时，我有一次对此深有所感。这种十八世纪建筑的"植被感"不仅体现在装饰繁茂的顶部，还在于它们"树干"般沉闷的基部。就如同树木的躯干往往是阴暗肃穆的，洛可可建筑的下半部分也常是光秃秃的，沉重、压抑，甚至丑陋。洛可可有一双"鳖脚"。

周日晚七点我抵达南锡，八点邮车再次启程。这一夜的旅程比前一夜稍微好受些。我不知道是因为自己更加疲倦，还是因为道路有所改善。总之，我紧紧抓住车厢的扶手，终于沉沉睡去。就这样，我"看"到了法尔斯堡。

清晨四点，一股清凉的风唤醒了我。马车正向前倾斜，全速奔驰，我们正在著名的萨维恩山坡下坡。

那是我人生中最美的印象之一。雾消雨霁，新月穿云。弦月时而被遮掩，时而在蓝天中自由飘浮，如同一叶小舟荡漾在静谧的湖面上。从莱茵河吹来的微风，使路旁的树木微微颤抖。偶尔，树影间隙透出一个朦胧而炫目的深渊：近景是一片茂密的树林，山体隐匿其中；远处则是无垠的平原，蜿蜒的河水在月光下闪烁，犹如天边的闪电；更远处，黑森林仿佛一条模糊而厚重的黑色地平线。整个景象宛如一个月光下的魔幻画卷，忽隐忽现。

这种犹抱琵琶半遮面，或许比一览无遗的美景更具魅力。如梦似幻，似乎触手可及，却又无法完全看清。我明知自己眼前的世界包含法国、德国与瑞士，包含斯特拉斯堡的尖塔、黑森林的群山、莱茵河的蜿蜒曲折，我试图寻觅它们，想象它们，却什么也看不真切。这是一种前所未有的奇妙体验。

这一切，再加上黎明时分的氛围、邮车飞驰的速度、马匹顺着坡道狂奔的律动、车轮的轰响、车窗玻璃震颤的细微战栗、树影的快速掠过、山间清晨的湿润气息、逐渐苏醒的原野发出的隐约低语，以及苍穹之美……你便能理解，我当时所感受到的震撼与迷醉。白昼时，这片山谷令人惊叹；而在夜晚，它则让人沉醉。

全程一里格 [1] 多长的下坡仅用了十五分钟。半小时后，天色微明。黎明的微光自我左侧缓缓泛起，在天际低处洒上一层淡淡的银光。山丘之巅，一簇白墙黑瓦的房舍清晰可见，白昼之蓝已开始渗透地平线。农夫们已踏上前往葡萄园的路途。天空中，一种清透、寒冷、略带紫色的晨曦，与月亮残存的灰白光辉交织在一起。星辰渐渐隐退，昴星团中的两颗已然消失，北斗七星（三匹马）

1　在陆地上，1里格通常等于3英里，约4.827公里。—— 译者注

也缓缓踏上它们天穹"蓝色马厩"的归途。寒意袭来，我冷得发抖，只得摇上车窗。不久，太阳升起，晨光中照出的第一幕景象，竟是一位乡村公证人，他站在窗前刮胡子，鼻子紧贴着一面破裂的镜子，窗帘则是红色的平纹细布。

再行一里格，路上的农人逐渐变得富有地方特色，而马车夫们更是壮观。我数到过一个赶车人竟然驾驭着十三头骡子，它们由宽松的铁链串联，阵仗惊人。斯特拉斯堡临近，这座古老的德风城市即将映入眼帘。

我们飞驰穿越瓦瑟隆纳，这座狭长的城镇，被孚日山脉的最后一道峡谷挤压在通向斯特拉斯堡的道路上。我只能匆匆瞥见一座奇特的教堂立面，其上耸立着三个并排的、圆锥形的尖顶钟楼。它们在马车的震荡中，仿佛戏剧布景般瞬间出现在我的窗前，又被颠簸的车轮迅速抛远。

忽然，转过路口，晨雾悄然散去，芒斯特赫然显现！当时正值清晨六点。那座雄伟的大教堂，人类之手所建造的、仅次于埃及大金字塔的建筑最高峰，巍然耸立于群山之中。轮廓清晰可见，背景则是一片壮丽深沉的山峦。初升的朝阳洒落在远方的宽阔山谷间，为大地镀上一层温暖的金辉。在这一刻，造物主为人类所造的群山，与人类为造物主所建的教堂，彼此辉映，争夺着伟大的象征意义。

我从未见过比这更令人敬畏的景象。

图书在版编目（CIP）数据

"诺曼底号"遇难记 /（法）维克多·雨果著；徐
超然译. -- 沈阳：万卷出版有限责任公司，2025. 8.
ISBN 978-7-5470-6844-1

Ⅰ. I565.14

中国国家版本馆CIP数据核字第20258GW668号

出 品 人：王维良
出版发行：万卷出版有限责任公司
　　　　　（地址：沈阳市和平区十一纬路29号　邮编：110003）
印 刷 者：辽宁新华印务有限公司
经 销 者：全国新华书店
幅面尺寸：145 mm×210 mm
字　　数：120千字
印　　张：6
出版时间：2025年8月第1版
印刷时间：2025年8月第1次印刷
责任编辑：王　越
责任校对：刘　璠
封面插画：喵猫猫
装帧设计：李英辉
ISBN 978-7-5470-6844-1
定　　价：35.00元
联系电话：024-23284090
传　　真：024-23284448